APR 2 3 2018

Tomás de Iriarte

FÁBULAS LITERARIAS

Copyright © EDIMAT LIBROS, S. A.
C/ Primavera, 35
Polígono Industrial El Malvar
28500 Arganda del Rey
MADRID-ESPAÑA
www.edimat.es

Reservados todos los derechos. El contenido de esta obra está protegido por la Ley, que establece penas de prisión y/o multas, además de las correspondientes indemnizaciones por daños y perjuicios, para quienes reprodujeren, plagiaren, distribuyeren o comunicaren públicamente, en todo o en parte, una obra literaria, artística o científica, o su transformación, interpretación o ejecución artística fijada en cualquier tipo de soporte o comunicada a través de cualquier medio, sin la preceptiva autorización.

ISBN: 84-9764-806-4
Depósito legal: M-375-2006

Colección: Clásicos de la literatura
Título: Fábulas literarias
Autor: Tomás de Iriarte
Introducción: Rosario de la Iglesia
Diseño de cubierta: Juan Manuel Domínguez
Impreso en: Cofás

IMPRESO EN ESPAÑA – *PRINTED IN SPAIN*

TOMÁS DE IRIARTE

FÁBULAS LITERARIAS

Por Rosario de la Iglesia

INTRODUCCIÓN

LA ÉPOCA DE IRIARTE

La vida de Tomás de Iriarte (1750-1791) coincide casi totalmente con el reinado de Carlos III (1759-1788) y con la época más sobresaliente, en lo cultural, del siglo XVIII. Durante el reinado de Fernando VI (1746-1759), en que nace Iriarte, España parece avanzar con cierta decisión hacia la recuperación económica y la reconstrucción interior, bastante debilitadas ambas por la política belicista de Felipe V, iniciador de la dinastía borbónica en España, que llegó al trono precisamente tras una guerra, la de sucesión (1700-1713). Fernando VI, de carácter débil y supeditado a la voluntad de su mujer Bárbara de Braganza, era un partidario decidido de la paz y se rodeó de un equipo de ministros que intentaron mantenerla a toda costa. El más importante de ellos fue el marqués de la Ensenada que emprendió la reorganización del Ejército y la reconstrucción de la Marina, indispensable para hacer frente al poder de Inglaterra en el mar y para asegurar la comunicación de las colonias americanas con la metrópoli. Las relaciones con la Santa Sede se normalizaron con la firma del Concordato de 1753 que puso fin al litigio de la guerra de Sucesión (ya que la Santa Sede apoyó al Archiduque Carlos de Austria). El poder de la Iglesia en España, siempre fuerte, se reafirma con la cada vez más influyente presencia de los jesuitas.

Los deseos de paz del rey Fernando VI, van a ser continuados en el reinado de su sucesor Carlos III, rey de Nápoles durante 25 años, que había seguido de cerca la política española ante la previsible muerte sin sucesión de su hermanastro Fernando VI, lo que le convertía en heredero de la Corona española. Al abandonar el reino de Nápoles, Carlos III reglamentó la sucesión a ambos reinos sin caer en la tentación de unirlos en una misma persona. Carlos III era un monarca ilustrado que se dedicó por entero a mejorar las condiciones de vida de sus súbditos; para ello eran necesarias la paz con Francia e Inglaterra y la tranquilidad interior. Ninguna de las dos cosas pudo conseguirlas totalmente a pesar de los medios que puso para ello. La paz con las dos grandes potencias europeas pretendió asegurarla con el tercer pacto de familia, firmado con Francia en 1761, para hacer frente al poder de Inglaterra; el pacto no impidió que la guerra con este país, en Portugal, se desatase en 1762, que las expediciones a las Malvinas (1770), el asedio a Argel (1775) y a Gibraltar (1779-1783) fueran un fracaso y que España interviniera en la guerra de Independencia de Estados Unidos, que terminó en 1783 con algunas ventajas coloniales para España.

En cuanto a la política interior, Carlos III confirmó en sus cargos a algunos ministros del reinado anterior a los que añadió otros que le acompañaron desde Italia. Entre ellos, Esquilache, una de cuyas disposiciones fue la orden sobre el uso de capas y sombreros, origen próximo del motín de 1766 y cuyo verdadero motivo se encuentra en las malas cosechas anteriores (y la consiguiente escasez de trigo) y en diversas normas arancelarias. El motín madrileño se extendió a otras ciudades y pueblos (tuvieron especial importancia los sucesos de Zaragoza) y el rey, después de abandonar la corte, se vio obligado a ceder y sustituir a Esquilache por Aranda. Los jesuitas, acusados de instigar en el motín, son expulsados del reino (1767).

A pesar de todos estos acontecimientos, España vivió durante el reinado de Carlos III su época de mayor recuperación económica y, sobre todo, de mayor actividad cultural y realizaciones sociales. En él se crean las Sociedades de Amigos del País, cuyo esplendor estuvo entre 1765 y 1786, resultado de las ideas de la Ilustración francesa y de la difusión de las llamadas «ciencias útiles». A la vez, suponen la tímida aparición de una clase media ilustrada y burguesa. Se intenta reformar la enseñanza, sobre todo tras la expulsión de los jesuitas que la dominaban en buena parte, con el plan de estudios de Olavide para la Universidad de Sevilla y la creación de escuelas libres para la enseñanza primaria, así como con distintas disposiciones tomadas en torno a 1770: supresión de universidades infradotadas, de cátedras que habían estado en manos de los jesuitas, etc. Aunque la reforma fracasó, es buena muestra de los intentos modernizadores e ilustrados del rey.

Las condiciones de vida en las ciudades también mejoraron: se emprendió el empedrado de las calles, la instalación del alumbrado público, de la red de alcantarillado, se realizaron remodelaciones de barrios, se crearon pueblos por iniciativa privada (Nuevo Baztán) o pública (La Carolina)... Podría decirse que, a la muerte de Carlos III en 1788, el país quedaba en la buena vía de recuperación y que ésta se habría producido de no haber sido por el desastroso reinado de Carlos IV (1788-1808) que condujo a la guerra con el gobierno revolucionario francés en 1793 y a la guerra de la Independencia (1808) tras la invasión napoleónica.

Éstos son, a grandes rasgos, los acontecimientos más importantes de la segunda mitad del siglo XVIII en lo político. En lo cultural, el afrancesamiento de España fue la nota predominante de todo el siglo. Una dinastía francesa, los Borbón, comienza a reinar tras la guerra de Sucesión y con ella penetran en España no sólo los usos y modas de la corte francesa del Rey Sol Luis XIV, sino también, y es más importante, las ideas que ya se extendían por toda Europa y que fueron la base ideológica de la Revolución Francesa de 1789. La Enciclopedia de Diderot y D'Alembert, las obras de Voltaire, de Rousseau, de Montesquieu, entre otros, son leídas en versión original y traducidas por los escritores españoles, algunos de los cuales habían estudiado fuera de España y habían realizado viajes por Europa. La comunicación con Europa comienza a ser deseada y el aislamiento intelectual en que había estado sumida España, a ser criticado. Los artistas extranjeros trabajan en la corte madrileña y los españoles salen de su país y consiguen, a veces, puestos importantes y renombre en las cortes ilustradas europeas. Veamos algunos datos de este intercambio cultural (sólo interrumpido por las medidas de 1766 y 1789) que pueden ser suficientemente significativos y atendiendo solamente a la segunda mitad del siglo, en que vive Iriarte [1]:

1. En la corte de Carlos III pintaron Tiépolo y Mengs, entre otros; se estableció la fábrica de Cerámica del Buen Retiro que el rey trasladó desde Nápoles.
2. Goya, pintor de la corte, realiza retratos de personalidades europeas (Wellington y el embajador francés) y vende bastantes copias de los «Caprichos» en el extranjero.
3. Los músicos extranjeros que tuvieron gran importancia en la primera mitad del siglo (Domenico Scarlatti, el can-

---
[1] Datos que proporciona N. Glendinning, *El siglo XVIII,* págs. 27-30.

tante Farinelli) no tuvieron tanta fortuna en época de Carlos III ya que el rey no era aficionado a la música, pero Haydn compuso sus «Siete últimas palabras de la Cruz» para la Catedral de Cádiz; además, una imprenta dedicada a obras musicales se estableció en Madrid en 1770 y editó obras de autores extranjeros y nacionales.

4. Vicente Martín y Soler, músico valenciano, dirigió la ópera italiana de San Petersburgo.

5. Luzán estudió en Italia y Juan de Iriarte, el erudito tío del fabulista, en el colegio Luis el Grande de París. Cadalso viajó por Europa.

Se dieron facilidades para estudiar en el extranjero concediendo ayudas económicas y se desarrolló considerablemente el estudio de los idiomas modernos.

Especial mención merece la difusión de libros y periódicos en el siglo XVIII. El número de lectores [2] aumentó como consecuencia de la reforma de la enseñanza. Así y todo, sólo poco más de la cuarta parte de la población española sabía leer y escribir en la segunda mitad del siglo, lo que supondría hacia 1768 entre uno y dos millones de posibles lectores. Por esta época, una edición media podía ser de unos 1.500 ejemplares. Aunque la censura prohibía un buen número de obras, su divulgación no se veía detenida por ello, ya que circulaban manuscritas o en ediciones clandestinas. Tras el motín de Esquilache (1766) y la Revolución Francesa (1789) se endurecen las medidas legales para la edición de libros y periódicos, pero no se consiguió detener la difusión de unas ideas que ponían en peligro la concepción de la monarquía absoluta y de las formas de vida tradicionales.

Los periódicos del siglo XVIII fueron vehículos de las ideas ilustradas y a través de ellos penetraron en España

---

[2] *Ibidem*, págs. 35-39.

buena parte de las nuevas ideas sobre la religión, las ciencias experimentales, el derecho, el escepticismo, los ataques a la superstición, etc. Tuvieron especial importancia el *Diario de los literatos de España* (1737-1742), *El Censor, El Correo de Madrid, Mercurio filosófico y político*, que apareció en 1738 y fue oficial desde 1756; Tomás de Iriarte lo dirigió durante un año; y los muchos que fundó y dirigió Francisco Mariano Nipho (1719-1803), personalidad importante del periodismo de este siglo: *Diario noticioso* (1758), *Caxón de sastre* (1760), *Diario estrangero* (1763), *Estafeta de Londres* (1762), *Correo general de España* (1770)...

VIDA DE IRIARTE

Nació Tomás de Iriarte el 18 de septiembre de 1750 en el Puerto de la Cruz de la isla canaria de Tenerife. Fue hijo de Bernardo de Iriarte y de Bárbara de las Nieves Ravelo y Hernández de Oropesa; y residió en su isla natal hasta los 14 años y fue educado por su propio hermano, el fraile dominico Fray Juan Tomás de Iriarte. A los 14 años llegó a Madrid, donde continuó su educación al lado de su tío, don Juan de Iriarte, que ya había llamado anteriormente a su lado a dos hermanos mayores del futuro fabulista, Bernardo y Domingo. Era don Juan de Iriarte (1702-1771) un erudito de gran prestigio en la corte madrileña; había estudiado en Francia, y en Madrid ocupó distintos cargos públicos y privados (preceptor de los hijos de los duques de Béjar y de Alba, oficial de la Biblioteca Real, traductor de la Secretaría de Estado, miembro de las Academias de la Lengua y de San Fernando, etc.) a la vez que desarrollaba una importante labor (al menos en cantidad) como latinista y periodista; en el *Diario de los literatos de España* aparecieron críticas suyas. Él introdujo a sus tres sobrinos en la vida política, social y literaria de la corte. Bernardo y Domingo hicieron carrera en la Secretaría de Estado y Tomás, en el mundo literario. La vida de Tomás está, pues, tutelada por su tío hasta 1771, fecha de su muerte.

Iriarte comienza a realizar trabajos literarios de cierta importancia a los 18 años, cuando se crean los teatros de los Reales Sitios y se emprende la reforma de los teatros por el Conde de Aranda. Si su hermano Bernardo es encargado de realizar una selección y adaptación de obras del teatro antiguo español así como un informe sobre ellas, Tomás de Iriarte traduce dramas franceses: *La escocesa* y *El huérfano de China,* de Voltaire; *El filósofo casado* y *El malgastador,* de Destouches; *El aprensivo,* de Molière, entre otras. Igualmente, por estas fechas compone su primera obra de teatro original, *Hacer que hacemos.*

En 1771, a la muerte de su tío, ocupa su cargo de oficial traductor en la Secretaría de Estado y dirige el periódico oficial *Mercurio histórico y político,* durante un año.

También por estos años frecuenta la Tertulia de la Fonda de San Sebastián (que se reunía en la fonda del italiano Antonio Gippini, en la calle del mismo nombre) creada por Nicolás Fernández de Moratín, y a la que acudían también Cadalso e Ignacio López de Ayala. Aquí se inicia su amistad con Cadalso con quien mantuvo una intensa correspondencia y a quien dirigió dos de sus *Epístolas.*

En 1773 publicó su primera obra importante, *Los literatos en Cuaresma,* con el seudónimo de Amador de Vera y Santa Clara.

Es nombrado Archivero del Concejo de Guerra, en 1776, cargo que, junto al de traductor que ya ocupaba, asegurará definitivamente su economía. En esta época es ya un nombre importante en el mundo literario y social madrileño; convertido en prototipo del intelectual cortesano asiste a tertulias, reuniones de la alta sociedad, colecciona obras de arte, se ejercita en la música (en la que se había iniciado ya en Tenerife) tocando el violín y la viola entre otros instrumentos y, por supuesto, continúa escribiendo aunque no de forma demasiado prolífica dada su exigencia estética.

En 1777 aparece su traducción del *Arte Poética* de Horacio que es duramente criticada en algunos sectores e inicia una polémica con Juan José López Sedano, fruto de la cual es su obra *Donde las dan las toman* (1778), polémica que es la primera de las muchas en que se enzarzó por motivos literarios a lo largo de su vida.

En 1779 publica el poema didáctico *La música* que fue bien recibido fuera de España (se tradujo al francés, italiano, inglés y alemán) por sus interesantes ideas sobre la música, pero que fue tildado de prosaico y pesado en España, entablándose otra polémica sobre la obra.

En este mismo año de 1779 sufre un proceso de la Inquisición por uno de sus poemas, *La barca de Simón,* por el que se le impone una leve penitencia, tras su abjuración de errores realizada a puerta cerrada, ya que todo el proceso se llevó con gran sigilo gracias a la protección de que gozaba Iriarte en la corte. Menéndez Pelayo[3] incluye el poema que le valió el proceso, «el cuerpo del delito» como lo califica don Marcelino y añade: «Es la poesía heterodoxa más antigua que yo conozco en lengua castellana. Se titula *La barca de Simón,* es decir, la de San Pedro:

>   Tuvo Simón una barca
>   No más que de pescador,
>   Y no más que como barca,
>   A sus hijos la dejó.
>   Mas ellos tanto pescaron
>   E hicieron tanto doblón,

---
[3] *Historia de los heterodoxos españoles,* pág. 307.

Que ya tuvieron a menos
No mandar buque mayor.
　　La barca pasó a jabeque,
Luego a fragata pasó;
De aquí a navío de guerra,
Y asustó con su cañón.
　　Mas ya *roto y viejo el casco*
De tormentas que sufrió,
Se va pudriendo en el puerto.
¡Lo que va de ayer a hoy!
　　Mil veces lo han carenado,
Y al cabo será mejor
Desecharle, y contentarnos
Con la barca de Simón.»

En 1782 publicó las *Fábulas literarias,* colección de 67 poemas que es la obra de Iriarte que mejor ha resistido el paso del tiempo. Tras su publicación entabla nuevas polémicas con Samaniego y, sobre todo, con Forner.

Hacia 1786 escribió *La librería* obra de teatro de tipo costumbrista y los fragmentos de una tragedia, *Mahoma,* posiblemente nunca terminada. Un año después aparecen los seis tomos de las que podían considerarse sus obras completas, donde se incluye *El señorito mimado,* obra de teatro que se estrenará en 1788. Este mismo año publica *La señorita malcriada* que no se estrenará hasta 1791. La traducción y adaptación de *El nuevo Robinsón,* de Campe, aparece en 1789 y fue utilizada como libro de texto hasta bien entrado el siglo XIX.

Tomás de Iriarte sufría gota y durante el año 1790 se retiró a Sanlúcar de Barrameda al agudizarse esta enfermedad que padecía desde hacía años, y en este retiro continuó escribiendo, sobre todo para el teatro: *El don de gentes, o la habanera, Donde menos se piensa salta la liebre,* representadas en casa de la duquesa de Benavente y publicadas póstumamente, en la segunda edición de sus *Obras* (1805), y *Guzmán el Bueno,* estrenada en Madrid en 1791.

Tras este año de retiro gaditano regresó a Madrid y en esta ciudad murió la víspera de su 41 aniversario, el 17 de septiembre de 1791.

LA OBRA LITERARIA DE IRIARTE

Aunque la fama del escritor canario viene dada por sus *Fábulas literarias,* su contribución a las letras del siglo XVIII, sobre todo en el campo del teatro, no es despreciable. Iriarte, como los dos Moratín, como Jovellanos, intentó reformar el gusto del espectador teatral aplicando a sus obras las ideas de la estética neoclásica. Su producción teatral incluye traducciones y obras originales.

Las traducciones de obras francesas para los teatros de los Reales Sitios, como se ha visto, fueron un encargo del gobierno al comenzar la reforma de los teatros. De ellas sólo dos se incluyeron en la edición de las *Obras* de 1787: *El huérfano de la China,* de Voltaire y *El filósofo casado,* de Destouches.

Las obras originales que escribió Iriarte para el teatro son:

Hacer que hacemos. Publicada en 1770 con el seudónimo-anagrama de Tirso Imareta y no estrenada. En ella Iriarte utiliza un lenguaje claro, sin afectación, al servicio de una trama sencilla que gira en torno a un personaje que, aunque no hace nada, finge estar ocupadísimo.

El señorito mimado. Publicada en 1787 y estrenada el 9 de septiembre de 1788 en el teatro del Príncipe de Madrid. Se trata en ella de la mala educación que se da a un joven y las consecuencias que ello acarrea. Está publicada, en ediciones modernas, en *Teatro español del siglo XVIII,* páginas 613-731, antología publicada por Jerry L. Johnson en la editorial Bruguera (Libro Clásico, n.º 102), Barcelona, 1972; y en edición mucho más cuidada por Russell P. Sebold, junto con *La señorita malcriada,* en el número 83 de Clásicos Castalia, Madrid, 1978.

La señorita malcriada. Publicada en 1788 y estrenada en Madrid el día 3 de enero de 1791. Se repite en ella el tema de la educación de la juventud, con protagonista femenina esta vez. Esta obra junto con la anterior son las dos más importantes de su autor y tuvieron cierto éxito al ser estrenadas, representándose, sobre todo la primera, con cierta regularidad hasta comienzos del siglo XIX.

La librería. Publicada en 1787 y no estrenada. De tipo costumbrista y de escaso interés.

El don de gentes, o la habanera. Escrita en Sanlúcar de Barrameda en 1790, se representó solamente en casa de la duquesa de Benavente, buena amiga del escritor. Se publicó en 1805.

Donde menos se piensa salta la liebre. Publicada en 1805, es un fin de fiesta de tipo sainetesco con música que también se representó en casa de la duquesa de Benavente y que Iriarte escribió en la misma época que la anterior.

Guzmán el Bueno. Publicada en 1790, se estrenó en el teatro del Príncipe de Madrid el 26 de febrero de 1791.

Mahoma. Proyecto de tragedia en cinco actos, cuyos fragmentos publicó Cotarelo en 1897 en *Iriarte y su época.*

El resto de la producción literaria de Iriarte está compuesto por las siguientes obras, ordenadas cronológicamente por la fecha de su publicación:

Los literatos en Cuaresma. Publicada en 1773 con el seudónimo de Amador de Vera y Santa Clara. Se trata de una obra crítica que refleja las preocupaciones literarias de Iriarte, en forma de seis sermones puestos en boca de famosos escritores del pasado (Teofrasto, Cicerón, Cervantes, Boileau, Pope y Tasso).

Donde las dan las toman. 1778. Polémica contra Juan José López Sedano que había criticado la traducción que Iriarte hizo del *Arte Poética* de Horacio.

La música. 1779. Poema pedagógico en cinco cantos.

La felicidad de la vida en el campo. 1780. Égloga, presentada al concurso de la Academia Española de 1779-80 y que quedó en segundo lugar tras la presentada por Meléndez Valdés.

Fábulas literarias, 1782.

Para casos tales, suelen tener los maestros oficiales. 1782. Contra Forner que había ridiculizado las fábulas.

Colección de obras en verso y en prosa de Tomás de Iriarte. 1787, seis tomos. Recoge las obras ya publicadas por el autor y otras que eran conocidas pero no habían aparecido en libro. La segunda edición de esta especie de Obras completas, en ocho tomos, apareció después de morir el escritor, en el año 1805.

Lecciones instructivas sobre la historia y la geografía. 1793. Fueron escritas por la época en que publicó las fábulas; es una obra dedicada a la enseñanza, escrita por encargo.

Reflexiones sobre la égloga Batilo. 1805. Escrita después de que Meléndez Valdés ganara el concurso de la Academia al que también se presentó Iriarte, se trata de un análisis crítico de la composición ganadora.

Iriarte escribió además epístolas, sonetos, anacreónticas, silvas, letras para ser acompañadas con música, romances, etc., que están recogidos en la edición de sus obras de 1787 y 1805.

Asimismo hay que citar las traducciones del *Arte Poética* de Horacio, publicada en 1777; de los cuatro primeros cantos de la *Eneida* de Virgilio publicados en 1787, y *El nuevo Robinsón,* traducción y adaptación de la versión francesa del alemán Campe, obra destinada a las escuelas que publicó en 1789 y que fue reeditada muchas veces.

LAS FÁBULAS LITERARIAS

La fama de Tomás de Iriarte se debe, principalmente, a la colección de *Fábulas literarias* que publicó en 1782. Se trata de un conjunto de 67 composiciones a las que se añadieron otras nueve en ediciones póstumas, una de ellas en prosa, la única de toda la serie. En 1782, Iriarte es ya un escritor conocido que frecuenta los salones y las tertulias madrileñas y que goza de la protección de ciertos políticos. Un espíritu ilustrado como el suyo debió sentirse inclinado hacia estas composiciones de tipo didáctico, como lo estuvo hacia otros géneros literarios desde los que pudiera «enseñar deleitando», máxima que no olvidaban los escritores neoclásicos. La fábula era un género que no se había cultivado con regularidad desde la Edad Media, otra época didáctica por excelencia. Las fábulas del Arcipreste de Hita y de don Juan Manuel son dos ejemplos de alto valor literario entre las muchas colecciones de apólogos, cuentos de animales o fábulas en verso que abundaron en la época medieval. Ni el Renacimiento ni el Barroco prestaron especial atención a este género, y sólo en algunas ocasiones se incluyen composiciones de este tipo en las obras del teatro clásico o aparecen ejemplos entre las obras menores de los poetas de los siglos XVI y XVII. Aunque no estuviera ausente de las preocupaciones de estos siglos el didactismo, los escritores renacentistas y barrocos lo orientaron hacia otros géneros y no hacia la fábula. En el siglo XVIII parecía inevitable que se resucitara este género dado su carácter de dirigismo, que se nota en todos los aspectos de la cultura; las polémicas sobre el teatro, las colecciones de cartas críticas o de artículos y comentarios sobre muy diversas materias son buena prueba igualmente de este didactismo.

Las fábulas son un género literario que pretende recriminar o criticar defectos o vicios humanos a través de situaciones tomadas, generalmente, del mundo animal. El autor personifica a los animales haciéndoles sujetos de las pasiones humanas. Pero no siempre fueron los animales los protagonistas de las fábulas; a veces son los mismos hombres quienes intervienen en ellas e incluso los seres inanimados. Iriarte hizo protagonistas a los animales en las dos terceras partes de sus fábulas (en algunos casos, mezclados con los humanos), a personas en 15 fábulas, a las plantas en dos y a objetos en cinco.

Cuando aparecen las fábulas de Iriarte ya se han publicado las *Fábulas morales* de Samaniego (1781) y, a pesar de ello, Iriarte se jacta en el prólogo de «que ésta es la primera colección de fábulas enteramente originales que se ha publicado en Castellano». La réplica de Samaniego, que había dedicado su tercer libro de fábulas a Iriarte, no se hizo esperar; la polémica y rivalidad entre ambos escritores duró tanto como sus vidas y el escritor alavés criticó ásperamente las obras del fabulista canario *(La música, Guzmán el Bueno)* e incluso llegó a los ataques personales. Iriarte, con la afición que parecía tener a las polémicas literarias contestó también duramente a Samaniego, aunque sus críticas se ciñeron a lo puramente literario, en general. Resulta curioso que estos dos escritores, que polemizaron sobre la primacía y calidad de sus respectivos fabularios, estén condenados a aparecer unidos en todas las historias de la literatura, en las antologías e incluso en las ediciones de sus fábulas (son numerosas las ediciones en que sus colecciones aparecen juntas y completas) y los nombres de Samaniego e Iriarte, o Iriarte y Samaniego, aparecen unidos generalmente; con mayor frecuencia, desde luego, de la que ambos hubieran deseado. ¿Tan parecidas son sus obras? ¿O su valor literario es del mismo tipo? Señalemos algunos parecidos y algunas diferencias entre ambos, sin pretender hacer un estudio comparado ni primar el valor de uno u otro autor.

En primer lugar, las intenciones de los dos escritores son idénticas: criticar por medio de historias de animales defectos o vicios de la sociedad (Samaniego) o del mundo literario (Iriarte). En este sentido, sí fue Iriarte el primero en presentar una colección de fábulas enteramente dedicada a la literatura como se advierte en el prólogo: «la novedad de ser todos sus asuntos contrahídos a la Literatura»; y más adelante abunda en la originalidad y dificultad de sus poemas frente a las fábulas morales: «pero como éstos [los animales] no leen ni escriben, era mucho más difícil advertir en ellos particularidades que pudiesen tener relación o con los vicios literarios o con los preceptos que deben servir de norma a los escritores».

En segundo lugar, y derivado de este diferente carácter, moral o literario, de ambas colecciones, están las fuentes de que ambos se sirven. Samaniego siguió sobre todo a La Fontaine, olvidando, en general, que muchos de los temas ya existían en la tradición castellana de donde habían pasado en muchos casos a Europa; por el contrario sólo en algunos casos es posible señalar el origen de las fábulas de Iriarte como procedentes de La Fontaine. Podría decirse que Iriarte utiliza el prestigio del género en la literatura francesa (también olvidando la tradición castellana) pero no los temas que aquélla había utilizado, dando el carácter más restringido de su colección.

En tercer lugar, los dos autores escriben en verso, pero la preocupación es muy diferente en ambos en cuanto a la labor versificadora se refiere. El mismo Samaniego se disculpa en el prólogo: «Confesaré sinceramente que no he acertado a aprovecharme de ella, si en mi colección no se halla más de la mitad de fábulas que en la claridad y sencillez del estilo no pueda apostárselas a la prosa más trivial». Iriarte, por su parte, intentó dar una muestra amplia de metros castellanos, como después veremos con mayor detenimiento, y colocó al final de la edición de 1782, una relación de «Géneros de metros usados en estas Fábulas» con cuarenta tipos distintos.

Finalmente, las dos colecciones han servido para lo mismo: han sido profusamente utilizadas en las escuelas (Samaniego las escribió precisamente con esta finalidad) y con igual profusión editadas durante los siglos XVIII, XIX y primeros años del XX.

Estas consideraciones no suponen una valoración superior de uno u otro autor, sino únicamente una comparación entre sus dos obras, ni siquiera demasiado profunda o detallada. La valoración literaria de Iriarte y Samaniego ha sido similar a lo largo de los dos siglos que han transcurrido desde la publicación de sus obras, y ha estado sujeta a las mismas fluctuaciones en el favor de los lectores. Valor literario, por otra parte, más que discutible, aunque sea innegable la importancia histórica de sus fábulas, de lo que da buena prueba la abundancia de ediciones que se han hecho de ellas.

LOS TEMAS DE IRIARTE

Iriarte, hombre sumamente preocupado por los problemas literarios, dedicó todas sus fábulas (excepto la 69, segunda de las publicadas póstumamente, dedicada a la medicina) al mismo tema, la literatura. Los defectos que señala, las características o cualidades que han de tener las obras, los autores o la crítica, no son ninguna novedad, desde luego. Iriarte no se proponía exponer unas originales y personales ideas estéticas (que, por otra parte, quizás no tuviera) sino defender las características de su propia literatura, de aquellas obras que consideraba válidas de acuerdo con las ideas propias de la ilustración literaria. Defendió las reglas en el teatro, el didactismo literario en general y polemizó por ello con Forner, Sedano y Samaniego, que habían criticado sus obras; criticó el teatro de Ramón de la Cruz como contrario al buen gusto e hizo sátiras del autor en sus fábulas. Iriarte estaba convencido de que su forma de escribir era la única válida y todas las obras que no se ajustaran a los mismos criterios en su gestación, a las mismas normas en su redacción y a los mismos fines didácticos, no eran obras de calidad y no merecerían ser publicadas. En ello se nota el ilustrado que era Iriarte: la literatura, la cultura en general, debía estar dirigida, sujeta a las mismas reglas para todos, reglas que eran las del Neoclasicismo francés.

Más que un tratado de preceptiva literaria, las fábulas de Iriarte constituyen un tratado de ética literaria, como se ha señalado repetidamente. Ello puede apreciarse en los subtemas que trata en sus poemas; la mayoría están dedicados a las cualidades morales de los escritores o a los críticos y sólo la cuarta parte de ellas, aproximadamente, a las obras literarias en sí mismas (que sería, obviamente, el tema central de una preceptiva literaria). Por otra parte, las fábulas dedicadas a la obra literaria no hacen más que repetir las grandes ideas del Neoclasicismo sobre la literatura: la claridad (fábula n.º 6), la necesidad de las reglas en arte (n.ºˢ 8 y 60), la sencillez (n.º 15), la unión de lo útil y lo agradable (n.º 49), la unión de la Naturaleza y el Arte (n.º 54), etc.

Una ética literaria, sí, y hasta en aspectos nimios; Iriarte satiriza desde los que compran libros sólo por la encuadernación (n.º 36), las portadas ostentosas (n.º 40) o el tamaño de los libros (n.º 50) hasta los críticos que se fijan sólo en el aplauso de los necios, es decir, el vulgo ignorante (n.º 3), lo que se ha tardado en componer una obra y no su calidad (n.º 2), el nombre del autor (n.ºˢ 21 y 32), el compadreo o paisanaje (n.º 33), etc., sin olvidar los defectos y las virtudes morales del escritor: la falsa erudición (n.º 13), la ignorancia (n.º 14), el plagio (n.º 16), la fama sin obras de calidad (n.ᵒˢ 17 y 19), el estudio y la imitación de los buenos autores y no de los malos traductores (n.º 24)... Los argumentos que Iriarte dio a modo de índice final (y que suelen editarse muchas veces al comienzo de cada fábula) evitan hacer una más extensa aclaración de las críticas contenidas en las fábulas. En ellos pueden verse todos los defectos que Iriarte reprochaba, las cualidades que exigía y las normas que consideraba válidas.

LA CRÍTICA PERSONAL EN LAS FÁBULAS

Entre las acusaciones que Forner lanzó contra Tomás de Iriarte hay una verdaderamente curiosa; afirma Forner en la *Exposición a Floridablanca* (1783) que Iriarte escribía al pie de cada fábula el nombre de la persona contra quien iba dirigida. De ser ello cierto, estaríamos ante un libro en clave que habría hecho las delicias de sus contemporáneos, o provocado las reacciones más adversas. Nada hay que permita apoyar la afirmación de Forner, pero es evidente que algunas fábulas parecen especialmente dirigidas contra los escritores reprobados por Iriarte, contra los que corrompían el gusto y no seguían las reglas literarias. Es muy posible que el fabulista partiera para la composición de sus fábulas de un hecho o personaje concreto, y de ahí dedujera el principio general que presentaba al lector. Era una forma de disfrazar la sátira. Pero Iriarte no era partidario de ataques personales fuertes y pretendía siempre atenerse a la crítica literaria, no a la personal. Por eso se ha hablado de su «crítica blanca», nunca demasiado feroz ni hiriente (la mesura era otra de las normas defendidas por los Neoclásicos). Con todo, algunas de sus fábulas se han venido señalando tradicionalmente como dirigidas a determinados personajes, basándose principalmente en los testimonios de Forner y en las identificaciones que

Cotarelo hizo en su obra sobre Iriarte: contra don Ramón de la Cruz estarían escritas las fábulas 28 y 31; contra Forner, la 37 y la 70; contra Samaniego, la 12, 21, 30 y 52; contra Sedano, la 22, 23, 38, 40 y 46; contra Meléndez Valdés, la 39 y la 68, para señalar únicamente los personajes con quienes más polemizó Iriarte.

No parece, sin embargo, oportuno calificar a toda la colección como una obra de clave. Iriarte, inmerso como estaba en el mundo literario de la segunda mitad del siglo XVIII, dispuesto a polemizar con quien se atreviera a atacar sus obras y convencido de la validez de las ideas neoclásicas sobre el arte, satiriza y ataca todo cuanto se oponga a dichas ideas y, por tanto, la crítica a determinados personajes debe encuadrarse en la defensa de sus principios y normas, y en el ataque a las obras y personas que no los sigan. Bien es verdad que, en algunos casos como en el de Meléndez Valdés, la crítica parece basarse más en el hecho de haber perdido el concurso convocado por la Academia Española que ganó Meléndez Valdés con su égloga *Batilo*. Pero el hecho de que Iriarte se defendiera de los ataques que sus obras sufrían en respuestas concretas a cada uno de ellos, parece indicar que las *Fábulas* no tenían como primera y principal intención la crítica o la sátira de determinados personajes.

LA FORMA Y EL ESTILO DE LAS FÁBULAS

Ya se ha aludido, al comparar las obras de Iriarte y Samaniego, a la variedad métrica de que el poeta canario hizo gala en sus obras. Iriarte no fue un innovador en cuanto a la versificación se refiere, siguiendo en esto la restricción métrica y sobriedad preconizada por el Neoclasicismo (que puede apreciarse en la *Poética* de Luzán, 1737), pero sus intenciones no estaban lejos del ensayo como señala Navarro

Tomás [4]: «Sin embargo, Iriarte, aunque en sus poesías graves se ajustó a esta misma actitud [se refiere a la sobriedad y a la restricción métricas], dio libertad en el familiar campo de sus fábulas a su especial inclinación por el ensayo de nuevas modalidades rítmicas».

Iriarte incluyó al final de sus fábulas una relación de los metros que había usado en ellas («Géneros de metros usados en estas fábulas»), donde se señalan los cuarenta tipos diferentes que utilizó. Los versos, como puede apreciarse en esa relación, oscilan entre 4 y 14 sílabas; las estrofas van desde las más tradicionales de la poesía castellana, como los romances o las redondillas, a las consideradas más cultas, como los sonetos o las octavas, introduciendo curiosas variaciones en algunos casos, como en el sonetillo con estrambote (fábula 26).

La rima fue, quizás, el ritmo que mayor atención recibió. En muchos casos parece un puro juego, como en la fábula 42, donde no sólo todas las rimas son esdrújulas sino que en el interior de los versos hay una asombrosa abundancia de palabras esdrújulas. En las fábulas 34 y 61 mantuvo la rima asonante entre todos los versos pares (é-o) y también entre los impares (á-o).

Si en cuanto a la cantidad de metros utilizados Iriarte se atuvo al argumento de su fábula 20 («La variedad es requisito indispensable en las obras de gusto»), también lo hizo, en cuanto a la adecuación entre el «fondo» y la «forma» de algunas de sus composiciones, al argumento de la fábula 51 («No basta que sea buena la materia de un escrito; es menester que también lo sea el modo de tratarla»). Entendiendo este precepto como adecuación entre lo tratado y la forma métrica utilizada, Iriarte ensayó con bastante éxito algunos ritmos adecuados al tema de la fábula como acertadamente

---
[4] *Métrica española*, Madrid, Ed. Guadarrama, 1972, 3.ª edición, pág. 305.

señaló Navarro Tomás[5]: «al acomodar a cada ocasión el efecto rítmico más adecuado, como se observa en los rápidos tetrasílabos con que describió la inquieta agilidad de la ardilla [fábula 31], en los graves alejandrinos con que representó el solemne toque de la campana [fábula 7] y en el movimiento de minué con que hizo conversar al manguito, al abanico y al quitasol [fábula 14].»

Este juego con los ritmos poéticos era muy adecuado para unas composiciones menores como son las fábulas; pero Iriarte no se limitó a repetir algunos aciertos métricos, como los señalados, de forma monótona, sino que experimentó con otras combinaciones y trabajó sus poemas para conseguir una variedad conforme al gusto. Para resumir el papel de Iriarte como versificador, permítasenos aún otra cita de Navarro Tomás, suficientemente significativa como para ser excusada: «Sin inventar ningún verso que no tuviera precedente en español, contribuyó [Iriarte] a restablecer modelos olvidados, a dar vida propia a tipos especiales que hasta entonces no se habían usado de manera independientemente y a popularizar sus experiencias por todas las áreas del idioma[6]».

El idioma de Iriarte es sencillo, adecuado a la intención didáctica de las fábulas. El escritor criticó por igual a los que pretendían utilizar voces extranjeras, sobre todo francesas (fábula 5) y a los que utilizaban voces anticuadas (fábulas 39 y 68). Sin embargo, como ha sucedido en otras épocas, los términos que Iriarte censuró como extranjerismos han pasado en muchos casos a la lengua común[7].

---

[5] *Ibidem*, pág. 345.
[6] *Ibidem*, pág. 345.
[7] Rafael Lapesa: *Historia de la lengua española*, Madrid, Escelicer, 1968, 7.ª edición, pág. 288: «Iriarte y Cadalso censuran *detalle, favorito, galante, interesante, intriga, modista, rango, resorte* y otras muchas que se han consolidado al fin».

En las fábulas aparecen abundantes casos de laísmo y de leísmo, pero en el siglo XVIII estos usos en la lengua literaria todavía no estaban desterrados constituyendo incluso una moda. Hasta 1796 la Academia no condenó el laísmo y aceptó la utilización del *le* como acusativo de persona masculino[8].

DIFUSIÓN DE LAS FÁBULAS

La difusión de las fábulas de Iriarte ha sido enorme. En el mismo siglo XVIII se hicieron varias ediciones; fueron traducidas al portugués, al inglés, al italiano, al alemán y al francés en los últimos años del siglo XVIII y durante todo el siglo XIX, y se usaron en las escuelas en el siglo XIX y la primera mitad del XX, no faltando una selección, cuando no la totalidad de ellas, en las antologías dedicadas a los escolares y aún hoy siguen apareciendo en algunos textos de la enseñanza básica. No es ésta la única obra de Iriarte que se utilizó en la enseñanza, como ya se ha visto, pero sí la que mayor número de ediciones ha tenido. Agustín Millares Carlo[9] habla de más de 80 ediciones hasta la fecha en que escribía y se han hecho otras con posterioridad a dicha fecha. Se acercan, por tanto, al contener las ediciones que de las *Fábulas literarias* se han hecho.

Si ello no bastara para asegurar la popularidad de la obra de Iriarte, habría que añadir el uso que el fabulista francés Florian (1755-1794) hizo de los poemas de Iriarte en su colección publicada en 1793.

---

[8] *Ibidem*, págs. 303-304.
[9] *Ensayo de una bio-bibliografía de escritores naturales de las Islas Canarias.* Madrid, 1932.

BIBLIOGRAFÍA

ALBORG, JUAN LUIS: *Historia de la literatura española,* tomo III, Madrid, Gredos, 1972, págs. 518-530.

COSSÍO, JOSÉ M.ª DE: «Las *Fábulas literarias* de Iriarte». *Revista Nacional de Educación,* n.º 9, septiembre 1941, págs. 54-64.

COTARELO Y MORI, EMILIO: *Iriarte y su época.* Madrid, Sucesores de Rivadeneyra, 1897.

GLENDINNING, NIGEL: *El siglo XVIII.* Traducción: José Luis Alonso. Barcelona, Ariel, 1973.

IRIARTE, TOMÁS DE: *Fábulas literarias.* Edición introducción y notas de Carmen Bravo-Villasante. Madrid, E.M.E.S.A., 1980.

— *Poesías.* Edición, prólogo y notas de Alberto Navarro González. Madrid, Espasa Calpe, 1976, 3.ª edición (Clásicos Castellanos, n.º 136).

— *El señorito mimado. La señorita malcriada.* Edición, introducción y notas de Russell P. Sebold. Madrid, Castalia, 1978 (Clásicos Castalia, 83).

MENÉNDEZ PELAYO, MARCELINO: *Historia de los heterodoxos españoles,* tomo V, segunda edición. Madrid, C.S.I.C., 1965, págs. 306-307.

MILLARES CARLO, AGUSTÍN: *Ensayo de una bio-bibliografía de escritores naturales de las Islas Canarias.* Madrid, Tipografía de Archivos, 1932, págs. 249-318.

POLT, JOHN H. R.: *Poesía del siglo XVIII* (antología). Madrid, Castalia, 1982 (Clásicos Castalia, 65).

SEBOLD, RUSSELL P.: *El rapto de la mente: Poética y poesía dieciochescas.* Madrid, Prensa Española, 1970.

SEMPERE Y GUARINOS, JUAN: *Ensayo de una biblioteca de los mejores escritores del reinado de Carlos III.* Madrid, Imprenta Real, 1785-1789.

SUBIRÁ, JOSÉ: *El compositor Iriarte (1750-1791) y el cultivo del melólogo,* 2 vols. Barcelona, C.S.I.C., 1949-50.

VEZINET, FRANÇOIS: *Molière, Florian et la littérature espagnole.* París, Hachette, 1909.

FÁBULAS LITERARIAS

EL ELEFANTE Y OTROS ANIMALES

    Allá en tiempo de entonces
y en tierras muy remotas,
cuando hablaban los brutos
su cierta jerigonza,
notó el sabio elefante
que entre ellos era moda
incurrir en abusos
dignos de gran reforma;
afeárselos quiere,
y a este fin los convoca.
Hace una reverencia
a todos con su trompa,
y empieza a persuadirlos
en una arenga docta,
que para aquel intento
estudió de memoria.
Abominando estuvo
por más de un cuarto de hora
mil ridículas faltas,
mil costumbres viciosas:
la nociva pereza,
la afectada bambolla,
la arrogante ignorancia,
la envidia maliciosa.
    Gustosos en extremo,
y abriendo tanta boca,
sus consejos oían
muchos de aquella tropa.
El cordero inocente,
la siempre fiel paloma,
el leal perdiguero,
la abeja artificiosa.

El caballo obediente,
la hormiga afanadora,
el hábil jilguerillo,
la simple mariposa.

   Pero del auditorio
otra porción no corta,
ofendida, no pudo
sufrir tanta parola:
El tigre, el rapaz lobo
contra el censor se enojan.
¡Qué de injurias vomita
la sierpe venenosa!
Murmuran por lo bajo,
zumbando en voces roncas,
el zángano, la avispa,
el tábano y la mosca;
sálense del concurso
por no escuchar sus glorias
el cigarrón dañino,
la oruga y la langosta.
La garduña se encoge,
disimula la zorra,
y el insolente mono
hace de todos mofa.

   Estaba el elefante
viéndolo con pachorra;
y su razonamiento
concluyó en esta forma:
«A todos y a ninguno
mis advertencias tocan.
Quien las siente, se culpa;
el que no, que las oiga.»

«Quien mis Fábulas lea,
sepa también que todas
hablan a mil naciones,
no sólo a la española.
Ni de estos tiempos hablan,
porque defectos notan
que hubo en el mundo siempre,
como los hay ahora.
Y pues no vituperan
señaladas personas.
Quien haga aplicaciones,
con su pan se lo coma.»

*Ningún particular debe
ofenderse de lo que se dice en común.*

EL GUSANO DE SEDA Y LA ARAÑA

Trabajando un gusano su capullo,
la araña, que tejía a toda prisa,
de esta suerte le habló con falsa risa,
muy propia de su orgullo:
«¿Qué dice de mi tela el señor gusano?,
esta mañana la empecé temprano,
y ya estará acabada al mediodía.»
«Mire qué sutil es, mire qué bella...»
El gusano con sorna respondía:
«Usted tiene razón: así sale ella.»

*Se ha de considerar la calidad de la obra,
y no el tiempo que se ha tardado en hacerla.*

EL OSO, LA MONA Y EL CERDO

Un oso con que la vida
ganaba un piamontés,
la no muy bien aprendida
danza, ensaya en dos pies.

Queriendo hacer de persona,
dijo a una mona: «¿Qué tal?»
Era perita la mona,
y respondiole: «Muy mal.»

«Yo creo, replicó el oso
que me haces poco favor;
¿pues qué, mi aire no es garboso?
¿No hago el paso con primor?»

Estaba el cerdo presente,
y dijo: «¡Bravo, bien va!
Bailarín más excelente
no se ha visto ni verá.»

Echó el oso, al oír esto,
sus cuentas allá entre sí,
y con ademán modesto
hubo de exclamar así:

«Cuando me desaprobaba
la mona, llegué a dudar;
mas ya que el cerdo me alaba,
muy mal debo de bailar.»

Guarde para su regalo
esta sentencia un autor:
Si el sabio no aprueba, malo;
si el necio aplaude, peor.

*Nunca una obra se acredita tanto
de mala, como cuando la aplauden
los necios.*

LA ABEJA Y LOS ZÁNGANOS

A tratar de un gravísimo negocio
se juntaron los zánganos un día;
cada cual varios medios discurría
para disimular su inútil ocio;
y por librarse de tan fea nota
a vista de los otros animales,
aun el más perezoso y más idiota
quería bien o mal hacer panales.
Mas, como el trabajo les era duro,
y el enjambre inexperto
no estaba muy seguro
de rematar la empresa con acierto,
intentaron salir de aquel apuro
con acudir a una colmena vieja
y sacar el cadáver de una abeja
muy hábil en su tiempo y laboriosa;
hacerle con la pompa más honrosa
unas grandes exequias funerales,
y susurrar elogios inmortales
de lo ingeniosa que era
en labrar dulce miel y blanca cera.
Con esto se alababan tan ufanos,
que una abeja les dijo por despique:
«¿No trabajáis más que eso? Pues hermanos,
jamás equivaldrá vuestro zumbido
a una gota de miel que ya fabrique.»

¡Cuántos pasar por sabios han querido
con citar a los muertos que lo han sido!
¡Y qué pomposamente que los citan!
Mas pregunto yo ahora: ¿los imitan?

Fácilmente se luce con citar y elogiar a los hombres grandes de la antigüedad: el mérito está en imitarlos.

LOS DOS LOROS Y LA COTORRA

De Santo Domingo trajo
dos loros una señora,
la isla es mitad francesa,
y otra mitad española,
así cada animalito
hablaba distinto idioma.
Pusiéronlos al balcón,
y aquello era Babilonia:
de francés y castellano
hicieron tal pepitoria,
que al cabo ya no sabían
hablar ni una lengua ni otra.
El francés del español
tomó voces aunque pocas;
el español al francés
casi se las toma todas.

Manda el ama separarlos,
y el francés luego reforma
las palabras que aprendió
de lengua que no es de moda.
El español, al contrario,
no olvida la jerigonza,
y aun discurre que con ella
ilustra su lengua propia.
Llegó a pedir en francés
los garbanzos de la olla.
Y desde el balcón de enfrente
una erudita cotorra,
la carcajada soltó,
haciendo del loro mofa.
Él respondió solamente,
como por tacha afrentosa:
«Vos no sois que una purista.»
Y ella dijo: *«A mucha honra.»*

¡Vaya, que los loros son
lo mismo que las personas!

*Los que corrompen su idioma no tienen
otro desquite que llamar purista a los que
les hablan con propiedad, como si el serlo
fuera tacha.*

EL MONO Y EL TITIRITERO

El fidedigno padre Valdecebro,
que en discurrir historias de animales
se calentó el cerebro,
pintándolos con pelos y señales,
que en estilo encumbrado y elocuente
del unicornio cuenta maravillas
y el ave fénix cree a pie juntillas,
(no tengo bien presente
si es en el libro octavo o en el nono)
refiere el caso de un famoso mono.
Éste, pues, que era diestro
en mil habilidades, y servía
a un gran titeretero, quiso un día,
mientras estaba ausente su maestro,
convidar diferentes animales
de aquellos más amigos,
a que fuesen testigos
de todas sus monadas principales.
Empezó por hacer la mortecina;
después bailó en la cuerda a la arlequina,
con el salto mortal y la campana;
luego el despeñadero,
la espatarrada, vueltas de carnero,

y al fin el ejercicio a la prusiana.
De esta y otras gracias hizo alarde,
mas lo mejor faltaba todavía,
pues imitando lo que su amo hacía,
ofrecerles pensó, porque la tarde
completa fuese, y la función amena,
de «La linterna mágica» una escena.
  Luego que la atención del auditorio
con un preparatorio
exordio concilió, según es uso,
detrás de aquella máquina se puso;
y durante el manejo
de los vidrios pintados,
fáciles de mover a todos lados,
las diversas figuras
iba explicando con locuaz despejo.
Estaba el cuarto a oscuras,
cual se requiere en cosas semejantes;
y aunque los circunstantes
observaban atentos,
ninguno ver podía los portentos
que con tanta parola y grave tono
les anunciaba el ingenioso mono.
  Todos se confundían, sospechando
que aquello era burlarse de la gente.
Estaba el mono ya corrido, cuando
entró maese Pedro de repente,
e informado del lance, entre severo
y risueño le dijo: «¡Majadero!,
¿de qué sirve tu charla sempiterna,
si tienes apagada la linterna?»
  Perdonadme, sutiles y altas musas,
las que hacéis vanidad de ser confusas;
¿os puedo yo decir con mejor modo
que sin la claridad os falta todo?

Sin claridad no hay obra buena.

LA CAMPANA Y EL ESQUILÓN

En cierta catedral una campana había,
que sólo se tocaba algún solemne día.
Con el más recio son, con pausado compás
cuatro golpes o tres solía dar no más.
Por esto, y ser mayor de la ordinaria marca,
celebrada fue siempre en toda la comarca.
  Tenía la ciudad en su jurisdicción
una aldea infeliz, de corta población,
siendo su parroquial una pobre iglesita
con chico campanario a modo de una ermita.
Y un rajado esquilón pendiente en medio de él,
era allí el que hacía el principal papel.
  A fin de que imitase aqueste campanario
al de la catedral, dispuso el vecindario
que despacio y muy poco el dicho esquilón
se hubiese de tocar sólo en tal cual función,
y pudo tanto aquello en la gente aldeana,
que el esquilón pasó por una gran campana.
  Muy verosímil es, pues que la gravedad
suple en muchos así por la capacidad.
Dígnanse rara vez de despegar sus labios,
y piensan que con esto imitan a los sabios.

Con hablar poco y gravemente, logran
muchos opinión de hombres grandes.

EL BURRO FLAUTISTA

Esta fabulilla,
salga bien o mal,
me ha ocurrido ahora,
por casualidad.

Cerca de unos prados
que hay en mi lugar,
pasaba un borrico
por casualidad.

Una flauta en ellos
halló que un zagal
se dejó olvidada
por casualidad.

Acercose a olerla
el dicho animal,
y dio un resoplido
por casualidad.

En la flauta el aire
se hubo de colar
y sonó la flauta
por casualidad.

¡Oh!, dijo el borrico,
¡Qué bien sé tocar!
¿Y dirán que es mala
la música asnal?

Sin reglas del arte
borriquitos hay
que una vez aciertan
por casualidad.

Sin reglas del arte, el que en algo acierta es por casualidad.

LA HORMIGA Y LA PULGA

Tienen algunos un gracioso modo
de aparentar que se lo saben todo;
pues cuando oyen o ven cualquiera cosa,
por más nueva que sea y primorosa,
muy trivial y muy fácil la suponen
y a tener que alabarla no se exponen.
Esta casta de gente
no se me ha de escapar, por vida mía,
sin que lleve su fábula corriente
aunque gaste en hacerla todo un día.

A la pulga la hormiga refería
lo mucho que se afana,
y con qué industrias el sustento gana;
de qué suerte fabrica el hormiguero,
cuál es la habitación, cuál el granero.
Cómo el grano acarrea
repartiendo entre todas la tarea,
con otras menudencias muy curiosas
que pudieran pasar por fabulosas,
si diarias experiencias
no las acreditasen de evidencias.
A todas sus razones
contestaba la pulga, no diciendo
más que éstas u otras tales expresiones:
Pues ya, sí, se supone, bien, lo entiendo,
ya lo decía yo, sin duda, es claro,
ya ves que en eso no hay nada de raro.

La hormiga, que salió de sus casillas
al oír estas vanas respuestillas
dijo a la pulga: «Amiga, pues yo quiero
que venga usted conmigo al hormiguero.
Ya que con ese tono de maestra

todo lo facilita y da por hecho,
siquiera para muestra
ayúdenos en algo de provecho.»
    La pulga, dando un brinco muy ligero,
respondió con grandísimo resuello:
«¡Miren qué friolera!
¿Tanto piensas que me costaría?
Todo es ponerse a ello...
Pero... tengo que hacer... Hasta otro día.»

Para no alabar las obras buenas, algunos las suponen de fácil ejecución.

LA PARIETARIA Y EL TOMILLO

Yo leí, no sé dónde, que en la lengua herbolaria
saludando a un tomillo la yerba parietaria
con socarronería le dijo de esta suerte:
«Dios te guarde, tomillo, lástima me da verte,
que aunque más oloroso que todas estas plantas,
apenas medio palmo del suelo te levantas.»
Él responde: «Querida, chico soy, pero crezco
sin ayuda de nadie. Yo sí te compadezco;
pues, por más que presumas, ni medio palmo puedes
medrar, si no te arrimas a una de esas paredes.»
    Cuando veo yo algunos que de otros escritores
a la sombra se arriman, y piensan ser autores
con poner cuatro notas, o hacer un prologuillo,
estoy por aplicarles lo que dijó el tomillo.

Nadie pretende ser tenido por autor sólo con poner un ligero prólogo, o algunas notas a libro ajeno.

LOS DOS CONEJOS

　　Por entre unas matas
seguido de perros
(no diré corría)
volaba un conejo.
De su madriguera
salió un compañero
y le dijo: «Tente,
amigo, ¿qué es esto?»
　　—¿Qué ha de ser?, responde,
sin aliento llego...
dos pícaros galgos
me vienen siguiendo.
　　—Sí, replica el otro.
Por allí los veo...
—Pero no son galgos.
—¿Pues qué son? —Podencos.
—Qué, ¿podencos dices?
—Sí, como mi abuelo.
—Galgos y muy galgos.
Bien visto lo tengo.
—Son podencos; vaya,
que no entiendes de eso.
—Son galgos, te digo.
—Digo que podencos.
　　En esta disputa
llegaron los perros,
pillan descuidados
a mis dos conejos.
　　Los que por cuestiones
de poco momento
dejan lo que importa,
llévense este ejemplo.

No debemos detenernos en cuestiones
frívolas, olvidando el asunto principal.

LOS HUEVOS

Más allá de las islas Filipinas
hay una que ni sé cómo se llama,
ni me importa saberlo, dónde es fama
que jamás hubo casta de gallinas,
hasta que allá un viajero
llevó por accidente un gallinero.
Al fin tal fue la cría, que ya el plato
más común y barato
era de huevos frescos; pero todos
los pasaban por agua (que el viajante
no enseñó a componerlos de otros modos).
　Luego de aquella tierra un habitante
introdujo el comerlos estrellados.
¡Oh, qué elogios se oyeron a porfía
de su rara y fecunda fantasía!
Otro discurre hacerlos escalfados...
¡Pensamiento feliz!..., otro, rellenos...
Ahora sí que están los huevos buenos;
uno después inventa la tortilla;
y todos claman ya, ¡qué maravilla!
　No bien se pasó un año.
Cuando otro dijo: «Sois unos petates;
yo los haré revueltos con tomates.»
Y aquel guiso de huevo tan extraño,
con que toda la isla se alborota,
hubiera estado largo tiempo en uso,
a no ser porque luego los compuso
un famoso extranjero a la *hugonota*.
　Esto hicieron diversos cocineros:
pero ¡qué condimentos delicados
no añadieron después los reposteros!
Moles, dobles, hilados,
en caramelo, en leche,
En sorbete, en compota, en escabeche.

Al cabo todos eran inventores,
y los últimos huevos, los mejores.
Mas un prudente anciano
les dijo un día: «Presumís en vano
de esas composiciones peregrinas.
¡Gracias al que nos trajo las gallinas!»
   ¿Tantos autores nuevos
no se pudieran ir a guisar huevos
más allá de las islas Filipinas?

*No falta quien quiera pasar por autor
original, cuando no hace más que repetir con corta
diferencia lo que otros muchos han dicho.*

EL PATO Y LA SERPIENTE

   A orillas de un estanque
diciendo estaba un pato:
«¿A qué animal dio el cielo
los dones que me ha dado?
Soy de agua, tierra y aire:
cuando de andar me canso,
si se me antoja, vuelo;
si se me antoja, nado.»
   Una serpiente astuta,
que lo estaba escuchando,
le llamó con un silbo,
y le dijo: «¡Seó guapo!:
   No hay que echar tantas plantas,
pues ni anda como el gamo,
ni vuela como el sacre,
ni nada como el barbo.

Y así tenga sabido
que lo importante y raro
no es entender de todo,
sino ser diestro en algo.»

Más vale saber una cosa bien, que muchas mal.

EL MANGUITO, EL ABANICO Y EL QUITASOL

Sin querer entender de todo
es ridícula presunción,
servir sólo para una cosa
suele ser falta no menor.
  Sobre una mesa cierto día
dando estaba conversación
a un abanico y a un manguito
un paraguas o quitasol;
y en la lengua que en otro tiempo
con la olla el caldero habló
a sus compañeros dijo:
«¡Oh qué buenas alhajas sois!
Tú, manguito, en invierno sirves;
en verano vas a un rincón.
Tú, abanico, eres mueble inútil
cuando el frío sigue al calor.
No sabéis salir de un oficio.
Aprended de mí, pese a vos;
que en el invierno soy paraguas;
y en el verano, quitasol.»

Suele ser nulidad el no saber más que una cosa y el extremo opuesto de saber muchas, pero todas mal.

LA RANA Y EL RENACUAJO

En la orilla del Tajo
hablaba con la rana el renacuajo,
alababan las hojas, la espesura
de un gran cañaveral y su verdura.
Mas luego que del viento
el ímpetu violento
una caña abatió, que cayó al río,
en tono de lección dijo la rana:
«Ven a verla, hijo mío:
Por de fuera muy tersa, muy lozana,
por dentro toda fofa, toda vana.»
Si la rana entendiera poesía,
también de muchos versos lo diría.

¡Qué despreciable es la poesía de mucha hojarasca!

LA AVUTARDA

De sus hijos la torpe avutarda
el pesado volar conocía,
deseando sacar una cría
más ligera, aunque fuese bastarda.
 A este fin muchos huevos robados
de alcotán, de jilguero y paloma,
de perdiz y de tórtola toma
y en su nido los guarda y los mezcla.
 Largo tiempo estuvo sobre ellos
y aunque hueros salieron bastantes
produjeron por fin los restantes
varias castas de pájaros bellos.

La avutarda mil *aves* convida
por lucirlo con cría tan nueva;
sus polluelos cada ave se lleva
y hete aquí la avutarda lucida.
 Los que andáis empollando obras de otros,
sacad, pues, a volar vuestra cría.
Ya dirá cada autor: ésta es mía,
y veremos qué os queda a vosotros.

Muy ridículo papel hacen los plagiarios
que escriben centones.

EL JILGUERO Y EL CISNE

«Calla tú, pajarillo vocinglero
(dijo el cisne al jilguero):
¿A cantar me provocas, cuando sabes
que de mi voz la dulce melodía
nunca ha tenido igual entre las aves?»
El jilguero sus trinos repetía
y el cisne continuaba: «¡Qué insolencia!
¡Miren cómo me insulta el musiquillo!
si con soltar mi canto no le humillo,
dé muchas gracias a mi gran prudencia.»
 «¡Ojalá que cantaras!
(le respondió por fin el pajarillo).
¡Cuánto no admirarías
con las cadencias raras
que ninguno asegura haberte oído
aunque logren más fama que las mías!...»
Quiso el cisne cantar, y dio un graznido:
 ¡Gran cosa!, ganar crédito sin ciencia,
y perderle en llegando a la experiencia.

Nada sirve la fama, si no corresponden las obras.

EL CAMINANTE Y LA MULA DE ALQUILER

Harta de paja y cebada
una mula de alquiler
salía de la posada;
y tanto empezó a correr,
que apenas el caminante
la podía detener.
 No dudo que en un instante
su media jornada haría;
pero algo más adelante
la falsa caballería
ya iba retardando el paso.
«¿Si lo hará de picardía?...
 Arre... ¿Te paras? Acaso
metiendo la espuela... Nada.
Mucho me temo un fracaso...
 Esta vara que es delgada...
Menos... Pues este aguijón...
Mas ¿si estará ya cansada?
 Coces tira... y mordiscón.
Se vuelve contra el jinete:
¡Oh, qué corvoco, qué envión!
 Aunque las piernas apriete...
Ni por esas... ¿Voto a quién?
Barrabás que la sujete...»
 Por fin dio en tierra... «¡Muy bien!
¿Y eres tú la que corrías?...
¡Mal muermo te mate, amén!
 No me fiaré en mis días
de mula que empiece haciendo
semejantes valentías.»
 Después de este lance, en viendo

que un autor ha principiado
con altisonante estruendo,
al punto digo: «Cuidado,
tente, hombre, que te has de ver
en el vergonzoso estado
de la mula de alquiler.»

*Los que empiezan elevando el estilo, se ven
tal precisados a humillarle después
demasiado.*

LA CABRA Y EL CABALLO

Estábase una cabra muy atenta
largo rato escuchando
de un acorde violín el eco blando.
Los pies se le bailaban de contenta;
y a cierto jaco, que también suspenso
casi olvidaba el pienso,
dirigió de esta suerte la palabra:
«¿No oyes de aquellas cuerdas la armonía?
Pues sabe que son tripas de una cabra
que fue en un tiempo compañera mía.
¡Confío dicha grande!, que algún día
no menos dulces trinos
formarán mis sonoros intestinos.»
Volviose el buen rocín, y respondiola:
«A fe que no resuenan esas cuerdas
sino porque las hieren con las cerdas
que sufrí me arrancasen de la cola.

Mi dolor me costó, pasé mi susto;
pero al fin tengo el gusto
de ver qué lucimiento
debe a mi auxilio el músico instrumento.
Tú, que satisfacción igual esperas,
¿cuándo la gozarás?, después que mueras.»
    Así, ni más ni menos, porque en vida
no ha conseguido ver su obra aplaudida
algún mal escritor, al juicio apela
de la posteridad, y se consuela.

Hay muchos escritores malos que se lisonjean fácilmente de lograr fama póstuma, cuando no han podido merecerla en vida.

LA ABEJA Y EL CUCLILLO

    Saliendo del colmenar,
dijo al cuclillo la abeja:
—Calla, porque no me deja
tu ingrata voz trabajar.
    No hay ave tan fastidiosa
en el cantar como tú:
Cucú, *cucú* y más *cucú*,
y siempre una misma cosa.
    —¿Te cansa mi canto igual?
el cuclillo respondió:
—Pues a fe que no hallo yo
variedad en tu panal:
    Y pues que del propio modo

fabricas uno que ciento,
si yo nada nuevo invento
en ti es viejísimo todo.
   A esto la abeja replica:
—En obra de utilidad,
la falta de variedad
no es lo que más perjudica;
pero en obra destinada
sólo al gusto y diversión,
si no es varia la invención,
todo lo demás es nada.

*La variedad es requisito
indispensable en las obras de gusto.*

EL RATÓN Y EL GATO

Tuvo Esopo famosas ocurrencias.
¡Qué invención tan sencilla!, ¡qué sentencias!...
He de poner, pues que la tengo a mano,
una fábula suya en castellano.
   «Cierto, dijo un ratón en su agujero,
no hay prenda más amable y estupenda
que la fidelidad; por eso quiero
tan de veras al perro perdiguero.»
Un gato replicó: «Pues esa prenda
yo la tengo también»... Aquí se asusta
mi buen ratón; se esconde,
y torciendo el hocico, le responde:
«¿Cómo? ¿La tienes tú? Ya no me gusta.»

La alabanza que muchos creen justa,
injusta les parece
si ven que su contrario la merece.
   «¿Qué tal, señor lector, la fabulilla?
Puede ser que le agre y que le instruya.»
«Es una maravilla,
dijo Esopo una cosa como suya.»
«Pues mire usted: Esopo no la ha escrito;
salió de mi cabeza.» «¿Conque es tuya?»
   «Sí, señor erudito:
ya que antes tan feliz le parecía,
critíquemela ahora porque es mía.»

   Alguno que ha alabado una obra
ignorando quién es su autor,
suele vituperarla después que lo sabe.

LA LECHUZA, LOS PERROS Y EL TRAPERO

   Cobardes son y traidores
ciertos críticos que esperan,
para impugnar, a que mueran
los infelices autores,
porque vivos respondieran.
   Un breve caso a este intento
contaba una abuela mía.
Dizque un día en un convento
entró una lechuza... miento;
que no debió ser un día.
   Fue sin duda, estando el sol

ya muy lejos del ocaso...
Ella, en fin, se encontró al paso
una lámpara o farol
(que es lo mismo para el caso).

   Y volviendo la trasera,
exclamó de esta manera:
«Lámpara ¡con qué deleite
te chupara yo el aceite,
si tu luz no me ofendiera!

   Mas ya que ahora no puedo
porque estás bien atizada,
si otra vez te hallo apagada,
sabré, perdiéndote el miedo,
darme una buena panzada.»

   Aunque renieguen de mí
los críticos de que trato,
para darles un mal rato,
en otra fábula aquí
tengo de hacer su retrato.

   Estando pues un trapero
revolviendo un basurero,
ladrábanle (como suelen
cuando a tales hombres huelen)
dos parientes del cerbero:
y díjoles un lebrel:
«Dejad a ese perillán,
que sabe quitar la piel
cuando encuentra muerto un can,
y cuando vivo huye de él.»

   Atreverse a los autores muertos
y no a los vivos,
no sólo es cobardía sino traición.

EL PAPAGAYO, EL TORDO Y LA MARICA

Oyendo un tordo hablar a un papagayo
quiso que él, y no el hombre, le enseñara:
y con sólo un ensayo
creyó tener pronunciación tan clara
que en ciertas ocasiones
a una marica daba ya lecciones.
Así salió tan diestra la marica
como aquel que al estudio se dedica
por copias y por malas traducciones.

Conviene estudiar los autores originales,
y no los copiantes y malos traductores.

EL LOBO Y EL PASTOR

Cierto lobo, hablando con cierto pastor,
«Amigo, le dijo: yo no sé por qué
me has mirado siempre con odio y horror,
tiénesme por malo, no lo soy a fe.
¡Mi piel en invierno, qué abrigo no da!
Achaques humanos cura más de mil;
y otra cosa tiene que seguro está
que la piquen pulgas ni otro insecto vil.
Mis uñas no trueco por las del tejón,
que contra el mal de ojo tiene gran virtud.
Mis dientes ya sabes cuán útiles son,
y a cuántos con mi unto he dado salud.»
El pastor responde: «Perverso animal,
maldígate el cielo, maldígate, amén.

Después que estás harto de hacer tanto mal,
¿qué importa que puedas hacer algún bien?»
Al diablo los doy
tantos libros lobos como corren hoy.

El libro que de suyo es malo,
no deja de serlo porque tenga
tal cual cosa buena.

EL ÁGUILA Y EL LEÓN

El águila y el león
gran conferencia tuvieron
para arreglar entre sí
ciertos puntos de gobierno.
Dio el águila muchas quejas
del murciélago, diciendo:
«¿Hasta cuándo este avechucho
nos ha de traer revueltos?
Con mis pájaros se mezcla,
dándose por uno de ellos,
y alega varias razones,
sobre todo la del vuelo.
Mas si se le antoja dice:
hocico, y no pico, tengo.
¿Como ave queréis tratarme?
Pues cuadrúpedo me vuelvo.
Con mis vasallos murmura
de los brutos de tu imperio,
y cuando con éstos vive,
murmura tambien de aquéllos.»

«Está bien, dijo el león:
yo te juro que en mis reinos
no entre más.» «Pues en los míos,
respondió el águila, menos.»
Desde entonces solitario
salir de noche le vemos;
pues ni alados ni patudos
quieren ya tal compañero.
  Murciélagos literarios,
que hacéis a pluma y a pelo,
si queréis vivir con todos,
miraos en este espejo.

*Los que quieren servir a dos partidos,
suelen conseguir el desprecio de ambos.*

LA MONA

  Aunque se vista de seda
la mona, mona se queda.
El refrán lo dice así;
yo también lo diré aquí
y con eso lo verán
en fábula y en refrán.
  Un traje de colorines
como el de los matachines
cierta mona se vistió
aunque más bien creo yo
que su amo la vistiera
porque difícil sería
que tela y sastre encontrase:

el refrán lo dice, pase.
   Viéndose ya tan galana,
saltó por una ventana
al tejado de un vecino,
y de allí tomó el camino
para volverse a Tetuán.
Esto no dice el refrán,
pero lo dice una historia,
de que apenas hay memoria
por ser el autor muy raro,
y poner el hecho en claro
no le habrá costado poco.
   Él no supo, ni tampoco
he podido saber yo
si la mona se embarcó
o si rodeó tal vez
por el istmo de Suez.
Lo que averiguado está,
es que por fin llegó allá.
   Viose la señora mía
en la amable compañía
de tanta mona desnuda,
y cada cual la saluda
como a un alto personaje,
y suponiendo sería
mucha la sabiduría
ingenio, tino y mental
del petimetre animal.
   Opinan luego al instante
Y nemine descrepante,
que a la nueva compañera
la dirección se confiera
de cierta gran correría,
con que buscar se debía

en aquel país tan vasto
la provisión para el gasto
de toda la mona tropa.
¡Lo que es tener buena ropa!
  La directora marchando
con las huestes de su mando,
perdió no sólo el camino,
sino lo que es más, el tino;
y sus necias compañeras
atravesaron laderas,
bosques, valles, cerros, llanos,
desiertos, ríos, pantanos,
y al cabo de la jornada
ninguno dio palotada,
y eso que en toda su vida
hicieron otra salida
en que fuese el capitán
más tieso ni más galán.
Por poco no queda mona
a vida con la intentona;
y vieron por experiencia
que la ropa no da ciencia.
  Pero sin ir a Tetuán,
también acá se hallarán
monos, que aunque se vistan
de estudiantes
se han de quedar
lo mismo que eran antes.

Hay trajes propios de algunas profesiones literarias,
con los cuales aparentan
muchos el talento que no tienen.

EL ASNO Y SU AMO

Siempre acostumbra hacer el vulgo necio
de lo bueno y lo malo igual aprecio;
yo le doy lo peor: que es lo que alaba.
De este modo sus yerros disculpaba
un escritor de farsas indecentes,
y un taimado poeta que lo oía
le respondió en los términos siguientes:
Al humilde jumento
su dueño daba paja, y le decía:
«Toma, pues que con eso estás contento.»
Díjolo tantas veces, que ya un día
se enfadó el asno y replicó: «Yo tomo
lo que me quieras dar; pero hombre injusto,
¿piensas que sólo de la paja gusto?
Dame grano, y verás si me lo como.»
Sepa quien para el público trabaja,
que tal vez a la plebe culpa en vano;
pues si en dándola paja, come paja,
siempre que le dan grano, come grano.

Quien escribe para el público,
y no escribe bien,
no debe fundar su disculpa
en el mal gusto del vulgo.

EL GOZQUE Y EL MACHO DE NORIA

   Bien habrá visto el lector
en hostería o en convento
un artificioso invento
para andar el asador.
   Rueda de madera es
con escalones; y un perro
metido en aquel encierro
le da vueltas con los pies.
   Parece que cierto can
que la máquina movía
empezó a decir un día:
«Bien trabajo, ¿y qué me dan?
   Cómo sudo ¡ay infeliz!
Y al cabo por grande exceso,
me arrojarán algún hueso
que sobre de esa perdiz.
   Con mucha incomodidad
aquí la vida se pasa:
me iré, no sólo de casa
mas también de la ciudad.»
   Apenas le dieron suelta,
huyendo con disimulo
llegó al campo, en donde un mulo
a una noria daba vuelta.
   Y no lo hubo visto bien,
cuando dijo. «¿Quién va allá?
Parece que por acá
asamos carne también.»
«No aso carne, que agua saco»,
el macho le respondió.
«Eso también lo haré yo,
saltó el can, aunque estoy flaco.
   Como esa rueda es mayor,
algo más trabajaré,

¿tanto pesa?... Pues ¿y qué?
¿No ando la de mi asador?
   Me habrán de dar, sobre todo,
más ración, tendré más gloria...»
Entonces el de la noria
le interrumpió de este modo:
   «Que se vuelva le aconsejo
a voltear su asador,
que esta empresa es superior
a las fuerzas de un gozquejo.»
¡Miren el mulo bellaco,
y qué bien le replicó!
Lo mismo he leído yo
en un tal Horacio Flaco,
que a un autor da por gran yerro
cargar con lo que después
no podrá llevar; esto es,
que no anda la noria el perro.

   Nadie emprenda obra
superior a sus fuerzas.

EL ERUDITO Y EL RATÓN

   En el cuarto de un célebre erudito
se hospedaba un ratón, ratón maldito,
que no se alimentaba de otra cosa
que de roerle siempre verso y prosa.
   Ni de un gatazo el vigilante celo
pudo llegarle al pelo,
ni extrañas invenciones
de varias e ingeniosas ratoneras;
o el rejalgar en dulces confecciones

curar lograron su incesante anhelo
de registrar las doctas papeleras,
y acribillar las páginas enteras.

   Quiso luego la trampa
que el perseguido autor diese a la estampa
sus horas de elocuencia y poesía;
y aquel bicho travieso,
si antes el manuscrito le roía,
mucho mejor roía ya lo impreso.

   «¡Qué desgracia la mía!,
el literato exclamaba, ya estoy harto
de escribir para gente roedora;
y por no verme en esto, desde ahora
papel blanco no más habrá en mi cuarto.
Yo haré que este desorden se corrija...»
Pero sí, la traidora sabandija,
tan hecha a malas mañas, igualmente
en el blanco papel hincaba el diente.

   El autor aburrido,
echa en la tinta dosis competente
de solimán molido;
escribe (yo no sé si en prosa o verso);
devora, pues, el animal perverso,
y revienta por fin... «¡Feliz receta!,
dijo entonces el crítico poeta.
Quien tanto roe, mire no le escriba
con un poco de tinta corrosiva.»

   Bien hace quien su crítica modera,
pero usarla conviene más severa
contra censura injusta y ofensiva,
cuando no hablar con sincero denuedo
poca razón arguye, o mucho miedo.

Hay casos en que es
necesaria la crítica severa.

LA ARDILLA Y EL CABALLO

Mirando estaba una ardilla
a un generoso alazán,
que dócil a espuela y rienda
se adiestraba en galopar.
Viéndole hacer movimientos
tan veloces y a compás,
de aquesta suerte le dijo
con muy poca cortedad:
—Señor mío:
de ese brío,
ligereza,
y destreza
no me espanto;
que otro tanto
suelo hacer, y acaso más.
Yo soy viva,
soy activa;
me meneo,
me paseo;
yo trabajo
subo y bajo;
no me estoy quieta jamás.
El paso detiene entonces
el buen potro, y muy formal,
en los términos siguientes
respuesta a la ardilla da:
—Tantas idas
y venidas;
tantas vueltas
y revueltas
quiero, amiga,
que me diga
¿son de alguna utilidad?

Yo me afano;
mas no en vano,
sé mi oficio,
y en servicio
de mi dueño
tengo empeño
de lucir mi habilidad.
   Conque algunos escritores
ardillas también serán,
si en obras frívolas gastan
todo el calor natural.

*Algunos emplean en obras frívolas
tanto afán como otros en las importantes.*

EL GALÁN Y LA DAMA

   Cierto galán a quien París aclama,
petimetre del gusto más extraño,
que cuarenta vestidos muda al año
y el oro y plata sin temor derrama,
celebrando los días de su dama
unas hebillas estrenó de estaño,
sólo para probar en este engaño
lo seguro que estaba de su fama.
«¡Bella plata!, ¡qué brillo tan hermoso!»,
dijo la dama: viva el gusto y numen
del petimetre en todo primoroso.
   Y ahora digo yo: llene un volumen
de disparates un autor famoso,
y si no le alabaren, que me emplumen.

*Cuando un autor ha llegado a ser famoso,
todo se le aplaude.*

EL AVESTRUZ, EL DROMEDARIO Y LA ZORRA

Para pasar el tiempo congregada
una tertulia de animales varios
(que también entre brutos hay tertulias)
mil especies en ella se tocaron.

Hablose allí de las diversas prendas
de que cada animal está dotado;
Éste a la hormiga alaba, aquél al perro,
quién a la abeja, quién al papagayo.

«No, dijo el avestruz, en mi dictamen
no hay mejor animal que el dromedario.»
El dromedario dijo: «Yo confieso
que sólo el avestruz es de mi agrado.»
Ninguno adivinó por qué motivo
ambos tenían gusto tan extraño.
«¿Será porque los dos abultan mucho?
¿O por tener los dos los cuellos largos?
¿O porque el avestruz es algo simple,
y no muy advertido el dromedario?
¿O bien porque son feos uno y otro?
¿O porque tienen en el pecho un callo?
O puede ser también...» «No es nada de eso,
la zorra interrumpió; ya di en el caso.
¿Sabéis por qué motivo el uno al otro tanto se alaban?
Porque son paisanos.»
En efecto, ambos eran berberiscos;
y no fue juicio, no, tan temerario
el de la zorra, que no pueda hacerse
tal vez igual de algunos literatos.

También en la literatura suele dominar el espíritu de paisanaje.

EL CUERVO Y EL PAVO

Pues como digo, es el caso
y vaya de cuento,
que a volar se desafiaron
un pavo y un cuervo.
Al término señalado
cuál llegó primero
considérelo quien de ambos
haya visto el vuelo.
  «Aguarda, dijo el pavo
al cuervo de lejos,
¿sabes lo que estoy pensando?:
que eres negro y feo.
  Escucha: también reparo,
le gritó más recio,
en que eres un pajarraco
de muy mal agüero.
  Quita allá, que me das asco,
grandísimo puerco;
sí, que tiene por regalo
comer cuerpos muertos.»
  «Todo eso no viene al caso,
le responde el cuervo,
porque aquí sólo tratamos
de ver qué tal vuelo.»
  Cuando en las obras del sabio
no encuentran defectos,
contra la persona cargos
suele hacer el necio.

Cuando se trata de notar los defectos de una obra, no deben censurarse los personales de su autor.

LA ORUGA Y LA ZORRA

Si se acuerda el lector de la tertulia
en que en presencia de animales varios
la zorra adivinó por qué se daban
elogios a avestruz y dromedario,
sepa que en la mismísima tertulia
un día se trataba del gusano
artífice ingenioso de la seda,
y todos ponderaban su trabajo.

Para muestra presenta un capullo,
examínanle, crecen los aplausos.
Y aun el topo con todo que es un ciego
confesó que el capullo era un milagro.

Desde un rincón la oruga murmuraba
en ofensivos términos, llamando
la labor admirable, friolera,
y a sus elogiadores, mentecatos.

Preguntábanse, pues, unos a otros:
«¿Por qué este miserable gusarapo
el único ha de ser quien vitupere
lo que todos acordes alabamos?»

Saltó la zorra, y dijo: «¡Pese a mi alma!
El motivo no puede estar más claro.
¿No sabéis, compañeros, que la oruga
también labra capullos, aunque malos?»

Laboriosos ingenios perseguidos,
¿queréis un buen consejo? Pues cuidado.
Cuando os provoquen ciertos envidiosos,
no hagáis más que contarles este caso.

La literatura es la profesión en que más se verifica el proverbio: ¿quién es tu enemigo? El de tu oficio.

LA COMPRA DEL ASNO

Ayer por mi calle
pasaba un borrico
el más adornado
que en mi vida he visto.
Albarda y cabestro
eran nuevecitos,
con flecos de seda
rojos y amarillos.
Borlas y penacho
llevaba el pollino,
lazos, cascabeles
y otros atavíos.
Y hechos a tijera
con arte prolijo
en pescuezo y anca
dibujos muy lindos.
Parece que el dueño
que es, según me han dicho,
un chalán gitano
de los más ladinos,
vendió aquella alhaja
a un hombre sencillo;
y añaden que al pobre
le costó un sentido.
Volviendo a su casa,
mostró a sus vecinos
la famosa compra,
y uno de ellos dijo:
Veamos, compadre,
si este animalito
tiene tan buen cuerpo
como buen vestido.

Empezó a quitarle
todos los aliños
y bajo la albarda,
al primer registro,
le hallaron el lomo,
asaz mal herido
con seis mataduras
y tres lobanillos,
amén de dos grietas
y un tumor antiguo
que bajo la cincha
estaba escondido.

«Burro, dijo el hombre,
más que el burro mismo
soy yo que me pago
de adornos postizos.»

A fe que este lance
no echaré en olvido,
pues viene de molde
a un amigo mío,
el cual a buen precio
ha comprado un libro
bien encuadernado
que no vale un pito.

*Es ser muy necio comprar
libros sólo porque están bien
encuadernados.*

EL BUEY Y LA CIGARRA

Arando estaba el buey, y a poco trecho
la cigarra cantando le decía:
«Ay, ay, ¡qué surco tan torcido has hecho!»
Pero él le respondió: «Señora mía,
si no estuviera lo demás derecho,
usted no conociera lo torcido.
Calle, pues, la haragana reparona;
que a mi amo sirvo bien, y él me perdona
entre tantos aciertos, un descuido.»
 ¡Miren quién hizo a quién cargo tan sútil!:
una cigarra al animal más útil.
Mas ¿si me habrá entendido
el que a tachar se atreve
en obras grandes un defecto leve?

Muy necio y envidioso es quien afea un pequeño descuido en una obra grande.

EL GUACAMAYO Y LA MARMOTA

Un pintado guacamayo,
desde un mirador veía
cómo un extranjero payo,
que saboyano sería,
por dinero una alimaña
enseñaba muy feota,
dándola por cosa extraña;
es, a saber, la marmota.
 Salía de su cajón

aquel ridículo bicho;
y el ave desde el balcón
le dijo: «¡Raro capricho,
siendo tú fea, que así
dinero por verte den,
cuando, siendo hermoso, aquí
todos de balde me ven!
Puede que seas, no obstante,
algún precioso animal;
mas yo tengo ya bastante
con saber que eres venal.»
Oyendo esto un mal autor,
se fue como avergonzado.
¿Por qué? Porque un impresor
le tenía asalariado.

*Ordinariamente no es escritor de
gran mérito el que hace venal
el ingenio.*

EL RETRATO DE GOLILLA

De frase extranjera el mal pegadizo,
hoy a nuestro idioma gravemente aqueja;
pero habrá quien piense que no habla castizo,
si por lo anticuado lo usado no deja.
Voy a entretenelle con una conseja,
y porque le traiga más contentamiento
en su mesmo estilo referillo intento
mezclando dos hablas, la nueva y la vieja.
  No sin hartos celos un pintor de hogaño

vía como agora gran loa y valía
alcanzan algunos retratos de antaño,
y el no remedallos a mengua tenía;
por ende queriendo retratar un día
a cierto rico-home, señor de gran cuenta,
juzgó que lo antiguo de la vestimenta
estima de rancio al cuadro daría.

   Segundo Velázquez creyó ser con esto,
y ansí que del rostro toda la semblanza
hubo trasladado, golilla le ha puesto,
y otros atavíos a la antigua usanza.
La tabla a su dueño lleva sin tardanza,
el cual espantado fincó desque vido
con añejas galas su cuerpo vestido;
magüer que le plugo la faz abastanza.

   Empero, una traza, le vino a las mientes
con que al retratante dar su galardón.
Guardaba, heredadas de sus ascendientes,
antiguas monedas en un viejo arcón,
del quinto Fernando muchas de ellas son,
allende de algunas de Carlos primero,
de entrambos Filipos, segundo y tercero;
y henchido de todas, le endonó un bolsón.

   Con estas monedas, o si quier medallas,
el pintor le dice: si voy al mercado,
cuando me cumpliere mercar vitualla,
tornaré a mi casa con muy buen recado.
Pardiez, dijo el otro, ¿no me habés pintado
en traje que un tiempo fue muy señoril,
y agora le viste sólo un alguacil?
Cual me retratasteis, tal os he pagado.

   Llevaos la tabla; y el mi corbatín
pintadme al proviso en vez de golilla;
cambiadme esa espada en el mi espadín;

y en la mi casaca trocad la ropilla;
ca non habrá nadie en toda la villa
que al verme en tal guisa conozca mi gesto;
vuestra paga entonces contaros he presto
en buenas moneda corriente en Castilla.
　Ora pues, si a risa provoca la idea
que tuvo aquel sandio moderno pintor.
¿No hemos de reírnos siempre que chochea
con ancianas frases un novel autor?
Lo que es afectado juzga que es primor;
habla puro a costa de la claridad
y no halla voz baja para nuestra edad,
si fue noble en tiempo del Cid Campeador.

Si es vicioso el uso de voces extranjeras modernamente introducidas, también lo es, por el contrario, el de las anticuadas.

LOS DOS HUÉSPEDES

　Pasando por un pueblo
de la montaña
dos caballeros mozos,
buscan posada...
　De dos vecinos
reciben mil ofertas
los dos amigos.
Porque a ninguno quieren
hacer desaire,
en casa de uno y otro
van a hospedarse.

De ambas mansiones
cada huésped la suya
a gusto escoge.
   La que el uno prefiere
tiene un gran patio
con su gran frontispicio
como un palacio:
sobre la puerta
su escudo de armas tiene
hecho de piedra.
   La del otro a la vista
no era tan grande;
mas dentro no faltaba
dónde alojarse,
como que había
piezas de muy buen temple
claras y limpias.
   Pero el otro palacio
del frontispicio
era, además de estrecho
oscuro y frío;
mucha portada:
y por dentro desvanes
a teja vana.
   El que allí pasó un día
mal hospedado,
contaba al compañero
el fuerte chasco;
pero él le dijo:
otros chascos como ése
dan muchos libros.

   Las portadas ostentosas de los libros
engañan mucho.

EL TÉ Y LA SALVIA

El té, viniendo del imperio chino,
se encontró con la salvia en el camino.
Ella le dijo: ¿Adónde vas, compadre?
A Europa voy, comadre,
donde sé que me compran a buen precio.
Yo, respondió la salvia, voy a China,
que allá con sumo aprecio
me reciben por gusto y medicina.
En Europa me tratan de salvaje
y jamás he podido hacer fortuna.
Anda con Dios, no perderás el viaje,
pues no hay nación alguna
que a todo lo extranjero
no dé con gusto aplausos y dinero.
   La salvia me perdone
que al comercio su máxima se opone;
si hablase de comercio literario
yo no defendería lo contrario;
porque en él para algunos es un vicio
lo que es en general un beneficio,
y español que tal vez recitaría
quinientos versos de Boileau y Tasso,
puede ser que no sepa todavía
en qué lengua los hizo Garcilaso.

Algunos sólo aprecian la literatura extranjera, y no tienen la menor noticia de la de su nación.

EL GATO, EL LAGARTO Y EL GRILLO

   Ello es que hay animales muy científicos
en curarse con varios específicos,
y en conservar su construcción orgánica
como hábiles que son en la botánica,
pues conocen las yerbas diuréticas,
catárticas, narcóticas, eméticas,
febrífugas, estípticas, prolíficas,
cefálicas también y sudoríficas.
   En esto era tan práctico y teórico
un gato pedantísimo, retórico,
que hablaba en un estilo tan enfático
como el más estirado catedrático;
yendo a caza de plantas salutíferas,
dijo a un lagarto: ¡qué ansias tan mortíferas!
Quiero, por mis turgentes semihidrópicas,
chupar el zumo de hojas heliotrópicas.
   Atónito el lagarto con lo exótico
de todo aquel preámbulo estrambótico,
no entendió más la frase macarrónica
que si le hablasen lengua babilónica.
Pero notó que el charlatán ridículo
de hojas de girasol llenó el ventrículo,
y le dijo, ya en fin: «Señor hidrópico,
he entendido lo que es zumo heliotrópico.»
   ¡Y no es bueno que un grillo oyendo el diálogo,
aunque se fue en ayunas del catálogo
de términos tan raros y magníficos,
hizo del gato elogios honoríficos!
   Sí, que hay quien tiene la hinchazón por mérito,
y el hablar liso y llano por demérito.
   Mas ya que esos amantes de hiperbólicas
cláusulas y metáforas diabólicas,
de retumbantes voces el depósito

apuran, aunque salga un despropósito,
caiga sobre su estilo problemático
este apólogo esdrújulo enigmático.

*Por más ridículo que sea el estilo
retumbante, siempre habrá necios que le
aplaudan sólo por la razón de que se
quedan sin entenderle.*

LA MÚSICA DE LOS ANIMALES

Atención noble auditorio,
que la bandurria he templado
y han de dar gracias cuando oigan
la jácara que les canto:
En la corte del león,
día de sus cumpleaños,
unos cuantos animales
dispusieron un sarao,
y para darle principio
con el debido aparato,
creyeron que una academia
de música, era del caso.
Como en esto de elegir
los papeles adecuados
no todas veces se tiene
el acierto necesario,
ni hablaron del ruiseñor,
ni del mirlo se acordaron,
ni se trató de calandria,
de jilguero, ni canario.
Menos hábiles autores,

aunque más determinados,
se ofrecieron a tomar
la diversión a su cargo.
Antes de llegar la hora
del cántico proyectado,
cada músico decía:
Ustedes verán qué rato.
Y al fin la capilla junta
se presenta en el estrado
compuesta de los siguientes
diestrísimos operarios:
los tiples eran dos grillos;
rana y cigarra, contraltos;
dos tábanos, los tenores;
el cerdo y el burro, bajos.
¡Con qué agradable cadencia,
con qué acento delicado
la música sonaría!
No es menester ponderarlo.
Baste decir que los más
las orejas se taparon,
y por respeto al león
disimularon el chasco.

    La rana por los semblantes
bien conoció, sin embargo,
que habían de ser muy pocas
las palmadas y los bravos.
Saliose del corro y dijo:
¡Cómo desentona el asno!
Éste replicó: Los tiples
sí que están desentonados.
Quien lo echa todo a perder,
añadió un grillo chillando,
es el cerdo. Poco a poco,
respondió luego el marrano:

Nadie desafina más
que la cigarra contralto.
Tenga modo y hable bien,
saltó la cigarra, es falso;
esos tábanos tenores
son los autores del daño.
Cortó el león la disputa
diciendo: Grandes bellacos,
¿antes de empezar la solfa
no la estabais celebrando?
　Cada uno para sí
pretendía los aplausos,
como que se debería
todo el placer a su canto;
mas viendo ya que el concierto
es un infierno abreviado,
nadie quiere parte en él
y a los demás hace cargos.
Jamás volváis a poneros
en mi presencia; mudaos,
que si otra vez me cantáis,
tengo de hacer un estrago.
　¡Así permitiera el cielo
que sucediera otro tanto
cuando trabajando a escote
tres escritores o cuatro,
cada cual quiere la gloria,
si es bueno el libro o mediano:
y los compañeros tienen
la culpa, si sale malo!

　Cuando se trabaja una obra entre muchos cada uno quiere apropiársela si es buena, y echa la culpa a los otros si es mala.

LA ESPADA Y EL ASADOR

    Sirvió en muchos combates una espada
tersa, fina, cortante, bien templada;
la más famosa que salió de mano
de insigne fabricante toledano.
Fue pasando a poder de varios dueños
y airosos los sacó de mil empeños,
viéronse en almonedas diferentes
hasta que por extraños accidentes
vino en fin a parar, ¡quién lo diría!,
a un oscuro rincón de una hostería,
donde cual mueble inútil, arrimada
se tomaba de orín. Una criada
por mandato de su amo el posadero
que debía ser grande majadero,
se la llevó una vez a la cocina.
Atravesó con ella una gallina
y hétame un asador hecho y derecho
la que una espada fue de honra y provecho.
    Mientras esto pasaba en la posada
en la corte comprar quiso una espada
cierto recién llegado forastero,
transformado de payo en caballero.
El espadero, viendo que al presente
es la espada un adorno solamente
y que pasa por buena cualquier hoja
siendo de moda el puño que se escoja,
díjole que volviese al otro día.
Un asador que en su cocina había
luego desbasta, afila y acicala,
y por espada de Tomás de Ayala
al pobre forastero, que no entiende
de semejantes compras, se la vende,

siendo tan picarón el espadero
como fue ignorante el posadero.
   ¿Mas de igual ignorancia o picardía
nuestra nación quejarse no podría
contra los traductores de dos clases,
que infestada la tienen con sus frases?
Unos traducen obras celebradas,
y en asadores vuelven las espadas.
Otros hay que traducen las peores.
Y venden por espadas asadores.

*   Tanto daño causan los que traducen mal
obras buenas, como los que traducen
bien obras malas.*

LOS CUATRO LISIADOS

   Un mudo de nativitate,
y más sordo que una tapia,
vino a tratar con un ciego
cosas de poca importancia.
   Hablaba el ciego por señas
que para el mudo eran claras;
mas hízole otras el mudo,
y él a oscuras se quedaba.
   En este apuro trajeron
para que los ayudara,
a un camarada de entrambos
que era un manco por desgracia.
   Éste las señas del mudo
trasladaba con palabras,
y por aquel medio el ciego
del negocio se enteraba.
   Por último resultó

de conferencia tan rara,
que era preciso escribir
sobre el asunto una carta.

   Compañeros, saltó el manco,
mi auxilio a tanto no alcanza;
pero a escribirla vendrá
el dómine, si le llaman.

   ¿Qué ha de venir, dijo el ciego,
si es cojo, que apenas anda?
Vamos: será menester
ir a buscarle a su casa.

   Así lo hicieron, y al fin
el cojo escribe la carta;
díctanla el ciego y el manco,
y el mudo parte a llevarla.

   Para el consabido asunto
con dos personas sobraba;
mas como eran ellas tales,
cuatro fueron necesarias.

   Y a no ser porque ha tan poco
que en un lugar de la Alcarria
acaeció esta aventura,
testigos más de cien almas,
bien pudiera sospecharse
que estaba adrede inventada
por alguno que con ella
quiso pintar lo que pasa,
cuando juntándose muchos
en pandilla literaria,
tienen que trabajar todos
para una gran patarata.

   Las obras que un particular puede
desempeñar por sí solo, no merecen se
emplee en ellas el trabajo de
muchos hombres.

LA URRACA Y LA MONA

A una mona
muy taimada
dijo un día
cierta urraca:
«Si vinieras
a mi estancia,
¡cuántas cosas
te enseñara!
Tú bien sabes
con qué maña
robo y guardo
mil alhajas.
Ven, si quieres,
y verás las
escondidas
tras de un arca.»
La otra dijo:
«Vaya en gracia»,
y al paraje
la acompaña.
 Fue sacando
doña urraca
una liga colorada,
un tontillo
de casaca,
una hebilla,
dos medallas,
la contera
de una espada,
medio peine
y una vaina
de tijeras;

una gasa,
un mal cabo
de navaja,
tres clavijas
de guitarra,
y otras muchas
zarandajas.
 «¿Qué tal?, dijo:
Vaya, hermana;
¿No me envidia?
¿No se pasma?
A fe que otra
de mi casta
en riqueza no me iguala.»
 Nuestra mona
la miraba
con un gesto
de bellaca;
y al fin dijo:
«¡Parata!
Has juntado
lindas maulas.
Aquí tienes
quien te gana,
porque es útil
lo que guarda,
si no, mira
mis quijadas.
Bajo de ellas,
camarada,
hay dos buches
o papadas
que se encogen
y se ensanchan.

Como aquello
que me basta;
y el sobrante
guardo en ambas
para cuando
me haga falta.
Tú amontonas,
mentecata,
trapos viejos
y morralla;
mas yo, nueces,
avellanas,
dulces, carne.
Y otras cuantas
provisiones
necesarias.»
 ¿Y esta mona
redomada
habló sólo
con la urraca?
Me parece
que más habla
con algunos
que hacen gala
de confusa
miscelánea,
y fárrago
sin sustancia.

El verdadero caudal de erudición no consiste en hacinar muchas noticias, sino en recoger con elección las útiles y necesarias.

EL POLLO Y LOS DOS GALLOS

   Un gallo presumido
de luchador valiente,
a un pollo algo crecido,
no sé por qué accidente
tuvieron sus palabras, de manera
que armaron una brava pelotera.
Diose el pollo tal maña,
que sacudió a mi gallo lindamente,
quedando ya por suya la campaña.
Y el vencido sultán de aquel serrallo
dijo, cuando el contrario no lo oía:
«¡Eh!, con el tiempo no será mal gallo;
el pobrecillo es mozo todavía...»
   Jamás volvió a meterse con el pollo,
mas en otra ocasión por cierto embrollo,
teniendo un choque con un gallo anciano,
guerrero veterano,
apenas le quedó pluma ni cresta,
y dijo al retirarse de la fiesta:
si no mirara que es un pobre viejo...
pero chochea y por piedad le dejo.
   Quien se meta en contienda,
verbigracia, de asunto literario,
a los años no atienda,
sino a la habilidad de su adversario.

   No ha de considerarse en un autor la edad, sino el talento.

EL RUISEÑOR Y EL GORRIÓN

Siguiendo el son del organillo un día
tomaba el ruiseñor lección del canto,
y a la jaula llegándose entretanto
el gorrión parlero así decía:
    «¡Cuánto me maravillo
de ver que de ese modo
un pájaro tan diestro
a un discípulo tiene por maestro!
Porque, al fin, lo que sabe el organillo
te lo debe a ti todo.»
A pesar de eso, el ruiseñor replica:
«Si él aprendió de mí, yo de él aprendo.
A imitar mis caprichos él se aplica;
yo los voy corrigiendo
con arreglarme al arte que él enseña,
y así pronto verás lo que adelanta
un ruiseñor que con escuela canta.»
    ¿De aprender se desdeña
el literato grave?
Pues más debe estudiar el que más sabe.

Nadie crea saber tanto que no tenga que aprender.

EL JARDINERO Y SU AMO

    En un jardín de flores
había una gran fuente,
cuyo pilón servía
de estanque a carpas, tencas y otros peces.

Únicamente al riego
el jardinero atiende,
de modo que entretando
los peces agua en que vivir no tienen.
 Viendo tal desgobierno,
su amo le reprende;
pues aunque quiere flores
regalarse con peces también quiere.
 Y el rudo jardinero
tan puntual le obedece,
que las flores no riega
para que el agua del pilón no merme.
 Al cabo de algún tiempo
el amo al jardín vuelve;
halla secas las flores,
y amostazado dice de esta suerte:
 «Hombre, no riegues tanto
que me quede sin peces;
ni cuides tanto de ellos,
que sin flores, gran bárbaro, me dejes.»
 La máxima es brillada,
mas repetirse debe;
no escriba quien no sepa
unir la utilidad con el deleite.

La perfección de una obra consiste en la unión de lo útil y de lo agradable.

LA RANA Y LA GALLINA

Desde su charco una parlera rana
oyó cacarear a una gallina.
«Vaya le dijo: no creyera, hermana,
que fueras tan incómoda vecina.
Y con toda esa bulla, ¿qué hay de nuevo?»
«Nada, sino anunciar que pongo un huevo.»
«¿Un huevo solo? ¡Y alborotas tanto!»
«Un huevo solo, sí, señora mía.
¿Te espantas de eso, cuando no me espanto
de oírte cómo graznas noche y día?
Yo porque sirvo de algo, lo publico;
tú que de nada sirves, calla el pico.»

Al que trabaja algo, puede disimulársele
que lo pregone; el que nada hace, debe callar.

EL VOLATÍN Y SU MAESTRO

Mientras de un volatín bastante diestro
un principiante mozalvillo toma
lecciones de bailar en la maroma,
le dice: «Vea usted, señor maestro,
cuánto me estorba y cansa este gran palo,
que llamamos chorizo o contrapeso.
Cargar con un garrote largo y grueso
es lo que en nuestro oficio hallo yo malo.
¿A qué fin quiere usted que me sujete
si no me faltan fuerzas ni soltura?
Por ejemplo, ¿este paso, esta postura,

no la haré yo mejor sin el zoquete?
   Tenga usted cuenta... No es difícil... nada...»
Así decía, y suelta el contrapeso.
El equilibrio pierde... A Dios. ¿Qué es eso?
¿Qué ha de ser? Una buena costalada.
—¡Lo que es auxilio juzgas embarazo,
incauto joven!, el maestro dijo.
—¿Huyes del arte y método? Pues hijo,
no ha de ser éste el último porrazo.

En ninguna facultad puede adelantar el que no se sujeta a principios.

LA CRIADA Y LA ESCOBA

   Cierta criada la casa barría
con una escoba muy puerca y muy vieja.
Reniego yo de la escoba, decía,
con su basura y pedazos que deja
por donde pasa,
aún más ensucia que limpia la casa.
   Los remendones, que escritos ajenos
corregir piensan acaso de errores
suelen dejarlos diez veces más llenos...
Mas no haya miedo que de estos señores
diga yo nada;
que se lo diga, por mí, la criada.

Hay correctores de obras ajenas, que añaden más errores de los que corrigen.

LOS DOS TORDOS

Persuadía un tordo abuelo,
lleno de años y prudencia,
a un tordo, su nietezuelo,
mozo de poca experiencia,
a que, acelerando el vuelo,
viniese con preferencia
hacia una poblada viña,
e hiciese allí su rapiña.
—¿Esa viña dónde está?,
le pregunta el mozalbete,
¿y qué fruto es el que da?
—Hoy te espera un gran banquete,
dice el viejo, ven acá:
aprende a vivir, pobrete.
Y no bien lo dijo, cuando
las uvas le fue enseñando.

Al verlas soltó el rapaz:
—¿Y ésta es la fruta alabada
de un pájaro tan sagaz?
¡Qué chica, qué desmedrada!
Ea, vaya, es incapaz,
que eso pueda valer nada.
Yo tengo fruto mayor
en una huerta, y mejor.

—Veamos, dijo el anciano;
aunque sé que más valdrá
de mis uvas sólo un grano.
A la huerta llegan ya;
y el joven exclama ufano:
—¡Qué fruta!, ¡qué gorda está!
¿No tiene excelente traza?...
¿Y qué era? Una calabaza.

Que un tordo en aqueste engaño
caiga, no lo dificulto;

pero es mucho más extraño
que hombre tenido por culto
aprecie por el tamaño
los libros y por el bulto.
Grande es si es buena una obra,
si es mala, toda ella sobra.

No se han de apreciar los libros por su bulto ni por su tamaño.

EL FABRICANTE DE GALONES Y LA ENCAJERA

Cerca de una encajera
vivía un fabricante de galones.
—Vecina, ¡quién creyera,
le dijo, que valiesen más doblones
de tu encaje tres varas
que diez de un galón de oro de dos caras!
—De que a tu mercancía
(esto es lo que ella respondió al vecino)
tanto exceda la mía,
aunque en oro trabajas, y yo en lino,
no debes admirarte,
pues más que la materia vale el arte.
Quien desprecia el estilo
y diga que a las cosas sólo atiende,
advierta que si el hilo
más que el noble metal caro se vende,
también da la elegancia
su principal valor a la sustancia.

No basta que sea buena la materia de un escrito; es menester que también lo sea el modo de tratarla.

EL CAZADOR Y EL HURÓN

Cargado de conejos,
y muerto de calor,
una tarde, de lejos
a su casa volvía un cazador.

Encontró en el camino
muy cerca del lugar
a un amigo y vecino,
y su fortuna le empezó a contar.

—Me afané todo el día,
le dijo, pero qué,
si mejor cacería
no la he logrado ni la lograré.

Desde por la mañana
es cierto que sufrí
una buena solana;
mas mira qué gazapos traigo aquí.

Te digo y te repito,
fuera de vanidad,
que en todo este distrito
no hay cazador de más habilidad.

Con el oído atento
escuchaba un hurón
este razonamiento
desde el corcho en que tiene su mansión,
y el puntiagudo hocico
sacando por la red,
dijo a su amo: «Suplico
dos palabritas, con perdón de usted.

Vaya, ¿cuál de nosotros
fue el que más trabajó?
¿Esos gazapos y otros,
quién se los ha cazado sino yo?

Patrón, ¿tan poco valgo
que me tratas así?

Me parece que en algo
bien se pudiera hacer mención de mí.»
   Cualquiera pensaría
que este aviso moral
seguramente haría
al cazador gran fuerza; pues no hay tal.
   Se quedó tan sereno,
como ingrato escritor
que del auxilio ajeno
se aprovecha y no cita al bienhechor.

Muchos se aprovechan de las noticias de otros, y tienen la ingratitud de no citarlos.

EL GALLO, EL CERDO Y EL CORDERO

   Había en un corral un gallinero;
en este gallinero un gallo había;
y detrás del corral en un chiquero
un marrano grandísimo yacía.
Idem más, se criaba allí un cordero,
todos ellos en buena compañía.
¿Y quién ignora que estos animales
juntos suelen vivir en los corrales?
   Pues, con perdón de ustedes, el cochino
dijo un día al cordero: «¡Qué agradable,
qué feliz, qué pacífico destino
es el poder dormir! ¡Qué saludable!
Yo te aseguro, como soy gorrino,
que no hay en esta vida miserable
gusto como tenderse a la bartola,
roncar bien y dejar rodar la bola.»

El gallo, por su parte, al tal cordero
dijo en otra ocasión: «Mira inocente,
para estar sano, para andar ligero,
es menester dormir muy parcamente;
el madrugar en julio o en febrero
con estrellas, es método prudente,
porque el sueño entorpece los sentidos,
deja los cuerpos flojos y abatidos.»
Confuso, ambos dictámenes coteja
el simple corderillo, y no adivina
que lo que cada uno le aconseja
no es más que aquello mismo a que se inclina;
acá entre los autores ya es muy vieja
la trampa de sentar como doctrina
y gran regla, a la cual nos sujetamos,
lo que en nuestros escritos practicamos.

*Suelen ciertos autores sentar como
principios infalibles del arte aquello
mismo que ellos practican.*

EL PEDERNAL Y EL ESLABÓN

Al eslabón de cruel
trató el pedernal un día,
porque a menudo le hería
para sacar chispas de él.
Riñendo éste con aquél,
al separarse los dos,
«quedaos, dijo, con Dios,
¿valéis vos algo sin mí?»

Y el otro responde: «Sí,
lo que sin mí valéis vos.»
   Este ejemplo material
todo escritor considere
que el largo estudio no uniere
al talento natural.
Ni da lumbre el pedernal
sin auxilio de eslabón,
ni hay buena disposición
que luzca faltando el arte.
Si obra cada cual aparte,
ambos inútiles son.

La naturaleza y el arte han de ayudarse recíprocamente.

EL JUEZ Y EL BANDOLERO

   Prendieron por fortuna a un bandolero,
a tiempo cabalmente
que de vida y dinero
estaba despojando a un inocente.
Hízole cargo el juez de su delito;
y él respondió: «Señor, desde chiquito
fui gato algo feliz en raterías:
luego hebillas, relojes, capas, cajas,
espadines robé y otras alhajas;
después, ya entrando en días,
escalé casas; hoy, entre asesinos,
soy salteador famoso de caminos.
Con que vueseñoría no se espante
de que yo robe y mate a un caminante;

porque éste y otros daños
los he estado yo haciendo cuarenta años.»
 ¿Al bandolero culpan?
¿Pues por ventura dan mejor salida
los que, cuando disculpan
en las letras su error o su mal gusto,
alegan la costumbre envejecida
contra el dictamen racional y justo?

*La costumbre inveterada no debe
autorizar lo que la razón condena.*

EL NATURALISTA Y LAS LAGARTIJAS

 Vio en una huerta
dos lagartijas
cierto curioso
naturalista.
Cógelas ambas,
y a toda prisa
quiere hacer de ellas
anatomía.
Ya me ha pillado
la más rolliza;
miembro por miembro
ya me la trincha;
el microscopio
luego la aplica,
patas y cola,
pellejo y tripas,
ojos y cuello,

lomo y barriga,
todo lo aparta
y lo examina.
Toma la pluma;
de nuevo mira;
escribe un poco;
recapacita.
Sus mamotretos
después registra,
vuelve a la propia
carnicería.
Varios curiosos
de su pandilla
entran a verle.
Dales noticia
de lo que observa.
Unos se admiran,
otros preguntan,
otros cavilan.
   Finalizada
la anatomía,
cansóse el sabio
de lagartija.
Soltó la otra
que estaba viva.
Ella se vuelve
a sus rendijas,
en donde, hablando
con sus vecinas,
todo el suceso
les anticipa.
No hay que dudarlo,
no, les decía:
Con estos ojos
lo vi yo misma.

Se ha estado el hombre
todito un día
mirando el cuerpo
de nuestra amiga.
¿Y hay quien nos trate
de sabandijas?
¿Cómo se sufre
tal injusticia,
cuando tenemos
cosas tan dignas
de contemplarse
y andar escritas?
No hay que abatirse,
noble cuadrilla:
valemos mucho
por más que digan.
　¿Y querrán luego
que no se engrían
ciertos autores
de obras inicuas?
Los honra mucho
quien los critica
no seriamente,
muy por encima
deben notarse
sus tonterías;
que hacer gran caso
de lagartijas,
es dar motivo
de que repitan:
valemos mucho,
por más que digan.

*A ciertos libros se les hace
demasiado favor en criticarlos.*

LA DISCORDIA DE LOS RELOJES

Convidados estaban a un banquete
diferentes amigos, y uno de ellos,
que faltando a la hora señalada,
llegó después de todos, pretendía
disculpar su tardanza. «¿Qué disculpa
nos podrás alegar?», le replicaron.
Él sacó su reloj, mostróselo y dijo:
«¿No ven ustedes cómo vengo a tiempo?
Las dos en punto son.» «¡Qué disparate!,
le respondieron: tu reloj se atrasa
más de tres cuartos de hora.» «Pero, amigos,
exclamaba el tardío convidado,
¿qué más puedo yo hacer que dar el texto?
Aquí está mi reloj...» Note el curioso
que era este señor mío como algunos
que un absurdo cometen y se excusan
con la primera autoridad que encuentran.

Pues, como iba diciendo de mi cuento,
todos los circunstantes empezaron
a sacar sus relojes en apoyo
de la verdad; entonces advirtieron
que uno tenía el cuarto, otro la media,
otro las dos y treinta y seis minutos,
éste catorce más, aquél diez menos;
no hubo dos que conformes estuvieran.

En fin, todo era dudas y cuestiones.
Pero a la astronomía cabalmente
era el amo de casa aficionado,
y consultando luego su infalible,
arreglado a una exacta meridiana,
halló que eran las tres y dos minutos,

con lo cual puso fin a la contienda,
y concluyó diciendo: «Caballeros,
si contra la verdad piensan que vale
citar autoridades y opiniones,
para todos las hay; mas por fortuna,
ellas pueden ser muchas, y ella es una.»

*Los que piensan que con citar una
autoridad, buena o mala, quedan disculpados
de cualquier yerro, no advierten que la verdad
no puede ser más de una, aunque las
opiniones sean muchas.*

EL TOPO Y OTROS ANIMALES

   Ciertos animalitos
todos de cuatro pies
a la gallina ciega
jugaban una vez.
  Un perrillo, una zorra
y un ratón, que son tres:
una ardilla, una liebre
y un mono, que son seis.
  Éste a todos vendaba
los ojos, como que es
el que mejor se sabe
de las manos valer.
  Oyó un topo la bulla
y dijo: «Pues pardiez
que voy allá, y en rueda
me he de meter también.»

Pidió que le admitiesen;
y el mono muy cortés
se lo otorgó (sin duda
para hacer burla de él).

   El topo a cada paso
daba veinte traspiés,
porque tiene los ojos
cubiertos de una piel;
y a la primera vuelta,
como era de creer,
facilísimamente
pillan a su merced.

   De ser gallina ciega
le tocaba la vez;
y ¿quién mejor podía
hacer este papel?

   Pero él con disimulo
por el bien parecer
dijo al mono: «¿Qué hacemos?
Vaya, ¿me venda usted?»

   Si el que es ciego y lo sabe,
aparenta que ve,
quien sabe que es idiota,
¿confesará que lo es?

   Nadie confiesa su ignorancia,
por más patente que ella sea.

EL SAPO Y EL MOCHUELO

Escondido en el tronco de un árbol
estaba un mochuelo,
y pasando no lejos un sapo,
le vio medio cuerpo.

«Ah de arriba, señor solitario,
dijo el tal escuerzo,
saque usted la cabeza, veamos,
si es bonito o feo.»

«No presumo de mozo gallardo,
respondió el de adentro,
y aun por eso a salir a lo claro
apenas me atrevo;
pero usted que de día su garbo
nos viene luciendo,
¿no estuviera mejor agachado
en otro agujero?»

¡Oh qué pocos autores tomamos
este buen consejo!
Siempre damos a luz, aunque malo,
cuanto componemos.

Y tal vez fuera bien sepultarlo;
pero ¡ay, compañeros!,
Más queremos ser públicos sapos
que ocultos mochuelos.

Hay pocos que den sus obras a luz con aquella desconfianza y temor que debe tener todo escritor que no esté poseído de vanidad.

EL BURRO DEL ACEITERO

En cierta ocasión un cuero
lleno de aceite llevaba
un borrico que ayudaba
en su oficio a un aceitero.
 A paso un poco ligero
de noche en su cuadra entraba;
y de una puerta en la aldaba
se dio el porrazo más fiero.
 ¡Ah!, exclamó, ¿no es cosa dura
que tanto aceite acarree,
y tenga la cuadra oscura?
 Me temo que se mosquee
de este cuento quien procura
juntar libros que no lee.
 ¿Se mosquea?, bien está:
pero este tal ¿por ventura,
mis fábulas leerá?

A los que juntan muchos libros
y no leen ninguno.

LA CONTIENDA DE LOS MOSQUITOS

Diabólica refriega
dentro de una bodega
se trabó entre infinitos
bebedores mosquitos.
(Pero extraño una cosa:
que el buen Villaviciosa

no hiciese en su *Mosquea*
mención de esta pelea.)
Era el caso que muchos
expertos y machuchos
con tesón defendían
que ya no se cogían
aquellos vinos puros,
generosos, maduros,
gustosos y fragantes,
que se cogían antes.
   En sentir de otros varios,
a esta opinión contrarios,
los vinos excelentes
eran los más recientes;
y del opuesto bando
se burlaban, culpando
tales ponderaciones
como declamaciones
de apasionados jueces,
amigos de vejeces.
Al agudo zumbido
de uno y otro partido
se hundía la bodega;
cuando héteme que llega
un anciano mosquito,
catador muy perito,
y dice, echando un taco:
«Por vida de Dios Baco...»
(Entre ellos ya se sabe
que es juramento grave):
donde yo estoy, ninguno
dará más oportuno
el más fundado voto,

cese ya el alboroto.
«¿No ven que soy navarro
que en tonel, bota o jarro,
barril, tinaja o cuba,
el jugo de la uva
difícilmente evita
mi cumplida visita?
¿Que en esto de catarle,
distinguirle y juzgarle,
puedo poner escuela
de Jerez o Tudela,
de Málaga a Peralta,
de Canarias a Malta,
de Oporto a Valdepeñas?
Sabed, por estas señas,
que es un gran desatino
pensar que todo vino
que desde su cosecha
cuenta larga la fecha
fue siempre aventajado.
Con el tiempo ha ganado
en bondad, no lo niego;
pero si él desde luego
mal vino hubiera sido,
ya se hubiera torcido;
y al fin, también había,
lo mismo que en el día,
en los siglos pasados
vinos avinagrados.
Al contrario, yo pruebo
a veces vino nuevo
que apostarlas pudiera
al mejor de otra era;

y si muchos agostos
pasan por ciertos mostos
de los que hoy se reprueban,
puede ser que los beban
por vinos exquisitos
los futuros mosquitos.
Basta ya de pendencia;
y por final sentencia
el mal vino condeno;
lo chupo cuando es bueno,
y jamás averiguó
si es moderno o antiguo.»

   Mil doctos importunos,
por lo antiguo los unos,
otros por lo moderno
sigan litigio eterno.
Mi texto favorito
será siempre el mosquito.

Es igualmente injusta la preocupación exclusiva a favor de lo antiguo, o a favor de lo moderno.

EL ESCARABAJO

Tengo para una fábula un asunto
que pudiera muy bien... pero algún día
suele no estar la musa muy en punto.
   Esto es lo que hoy me pasa con la mía,

y regalo el asunto a quien tuviere
más despierta que yo la fantasía:
porque esto de hacer fábulas requiere
que se oculte en los versos el trabajo,
lo cual no sale siempre que uno quiere.

Será pues un pequeño escarabajo
el héroe de la fábula dichosa,
porque conviene un héroe vil y bajo.

De este insecto refieren una cosa;
que comiendo cualquiera porquería,
nunca pica las hojas de la rosa.

Aquí el autor con toda su energía
irá explicando como Dios le ayude
aquella extraordinaria antipatía.

La mollera es preciso que le sude
para insertar después una sentencia
con que sepamos a lo que esto alude.

Y según le dictare su prudencia
echará circunloquios y primores,
con tal que diga en la final sentencia
que así como la reina de las flores
al sucio escarabajo desagrada,
así también a góticos doctores
toda invención amena y delicada.

*Lo delicado y ameno de las buenas
letras no agrada a los que se entregan al
estudio de una erudición pesada y de mal gusto.*

EL RICOTE ERUDITO

   Hubo un rico en Madrid, y aun dicen que era
más necio que rico,
cuya casa magnífica adornaban
muebles exquisitos.
   «¡Lástima que en vivienda tan preciosa,
le dijo un amigo,
falte una librería!, bello adorno,
útil y preciso.»
   «Cierto, responde el otro: ¡que esa idea
no me haya ocurrido!...
A tiempo estamos. El salón del norte
a este fin destino.
   Que venga el ebanista, y haga estantes
capaces, pulidos
a toda costa. Luego trataremos
de comprar los libros.
   Ya tenemos estantes. Pues ahora,
el buen hombre dijo,
¡echarme yo a buscar doce mil tomos
no es mal ejercicio!
   Perderé la chaveta, saldrán caros,
y es obra de un siglo...
Pero, ¿no era mejor ponerlos todos
de cartón fingidos?
   Ya se ve ¿por qué no? Para estos casos
tengo un pintorcillo;
que escriba buenos rótulos e imite
pasta y pergamino.
   Manos a la labor.» Libros curiosos,
modernos y antiguos

mandó pintar, y a más de los impresos,
varios manuscritos.
   El bendito señor repasó tanto
sus tomos postizos,
que aprendiendo los rótulos de muchos,
se creyó erudito.
Pues ¿qué más quieren los que sólo estudian
títulos de libros,
si con fingirlos de cartón pintado
les sirven lo mismo?

   *Muchos fundan su ciencia únicamente en
saber muchos títulos de libros.*

LA VÍBORA Y LA SANGUIJUELA

   Aunque las dos picamos (dijo un día
la víbora a la simple sanguijuela),
de tu boca reparo que se fía
el hombre, y de la mía se recela.
   La chupona responde: Ya, querida;
mas no picamos de la misma suerte:
yo, si pico a un enfermo le doy vida;
tú picando al más sano, le das muerte.
   Vaya ahora de paso una advertencia:
muchos censuran, sí, lector benigno,
pero a fe que hay bastante diferencia
de un censor útil a un censor maligno.

   No confundamos la buena crítica con la mala.

EL RICACHO METIDO A ARQUITECTO

    Cierto ricacho, labrando una casa
de arquitectura moderna y mezquina,
desenterró de una antigua ruina,
ya un capitel, ya un fragmento de basa,
aquí un adorno y allá una cornisa,
media pilastra y alguna repisa.
    Oyó decir que eran restos preciosos
de la grandeza y del gusto romano,
y que arquitectos de juicio muy sano,
con imitarlos se hacían famosos.
    Para adornar su infeliz edificio,
en él a trechos los fue repartiendo.
¡Lindo pegote! ¡Gracioso remiendo!
Todos se ríen de tal frontispicio,
menos un quídam que tiene unos dejos
como de docto, y es tal su manía,
que desentierra vocablos añejos
para amasarlos con otros del día.

*Los que mezclan voces anticuadas con las
de buen uso, para acreditarse de escribir bien
el idioma, escriben mal y se hacen ridículos.*

EL MÉDICO, EL ENFERMO Y LA ENFERMEDAD

    Batalla el enfermo
con la enfermedad
él por no morirse,

y ella por matar.
Su vigor apuran
a cuál puede más,
sin haber certeza
de quién vencerá.
Un corto de vista,
en extremo tal
que apenas los bultos
puede divisar,
con un palo quiere
ponerlos en paz.
Garrotazo viene,
garrotazo va;
si tal vez sacude
a la enfermedad,
se acredita el ciego
de lince sagaz;
mas si, por desgracia,
al enfermo da,
el ciego no es menos
que un topo brutal.
¿Quién sabe cuál fuera
más temeridad,
dejarlos matarse
o ir a meter paz?
   Antes que te dejes
sangrar o purgar,
ésta es fabulilla
muy medicinal.

   Lo que en medicina parece
ciencia y acierto, suele ser efecto
de pura casualidad.

EL CANARIO Y EL GRAJO

Hubo un canario que habiéndose esmerado en adelantar en su canto, logró divertir con él a varios aficionados y empezó a tener aplauso. Un ruiseñor extranjero, generalmente acreditado, hizo particulares elogios de él, animándole con su aprobación.

Lo que el canario ganó así, con este favorable voto como con lo que procuró estudiar para hacerse digno de él, excitó la envidia de algunos pájaros. Entre éstos había unos que también cantaban, bien o mal, y justamente por ello le perseguían. Otros nada cantaban y por lo mismo le cobraron odio. Al fin, un grajo, que no podía lucir por sí, quiso hacerse famoso en empezar a chillar públicamente entre las aves contra el canario. No acertó a decir en que cosa era defectuoso su canto; pero le pareció que para desacreditarle bastaba ridiculizarle el color de la pluma, la tierra en que había nacido, etcétera, acusándole, sin pruebas, de cosas que nada tenían que ver con lo bueno o malo de su canto. Hubo algunos pájaros de mala intención que aprobaron y siguieron lo que dijo el grajo. Empeñose éste en demostrar a todos que el que habían tenido hasta entonces por un canario diestro en el canto, no era sino un borrico, y que lo que en él había pasado por verdadera música era, en realidad, un continuado rebuzno. «¡Cosa rara! —decían algunos—. El canario rebuzna; el canario es un borrico.» Extendiose entre los animales la fama de tan nueva maravilla, y vinieron a ver como un canario se había vuelto burro. El canario, aburrido, no quería ya cantar; hasta que el águila, reina de las aves, le mandó que cantase para ver si, en efecto, rebuznaba o no, porque, si acaso era verdad que rebuznaba, quería excluirle del número de sus vasallos, los pájaros. Abrió el pico el canario, y cantó, a gusto de la mayor parte de los circunstantes. Entonces el águila, indignada de la calumnia que había levantado el grajo, suplicó a su señor, el dios Júpiter, que le castigase. Condescendió el dios, y dijo al águila que mandase cantar al grajo. Pero cuando éste quiso echar la voz, empezó por soberana permisión a rebuznar horrorosamente. Riéronse todos los animales y dijeron: «Con razón se ha vuelto asno el que quiso hacer asno al canario.»

El que para desacreditar a otro recurre a medios injustos, suele desacreditarse a sí propio.

EL GUACAMAYO Y EL TOPO

Mirándose al soslayo
las alas y la cola un guacamayo
presumido, exclamó: «Por vida mía,
que aun el topo, con todo que es un ciego,
negar que soy hermoso no podría...»
Oyolo el topo y dijo: «No lo niego;
pero otros guacamayos por ventura
no te concederán esa hermosura.»
    El favorable juicio
se ha de esperar más bien de un hombre lego
que de un hombre capaz, si es del oficio.

Por lo general, pocas veces aprueban los autores las obras de los otros por buenas que sean; pero lo hacen los inteligentes que no escriben.

EL CANARIO Y OTROS ANIMALES

De su jaula un día
se escapó un canario,
que fama tenía
por su canto vario.
   «¡Con qué regocijo
me andaré viajando
y haré alarde (dijo)
de mi acento blando!»
   Vuela con soltura
por bosques y prados,
y el caudal apura
de dulces trinados.
Mas, ¡ay!, aunque invente
el más suave paso,
no encuentra viviente
que de él haga caso.
   Una mariposa
le dice burlando:
«Yo de rosa en rosa
dando vueltas ando.
Serás ciertamente
un músico tracio;
pero busca oyente
que esté más despacio.»
«Voy (dijo la hormiga)
a buscar mi grano...
Mas usted prosiga,
cantor soberano.»
   La raposa añade:
«Celebro que el canto
a todos agrade;

pero yo entretanto
(esto es lo primero),
me voy acercando
hacia un gallinero
que me está esperando.»
  «Yo (dijo el palomo)
ando enamorado,
y así el vuelo tomo
hasta aquel tejado.
A mi palomita
es ya necesario
hacer mi visita;
perdone el canario.»
  Gorjeando estuvo
el músico grato;
mas apenas hubo
quien le oyese un rato.
  ¡A cuántos autores
sucede otro tanto!

*Hay muchas obras excelentes
que se miran con la mayor
indiferencia.*

EL MONO Y EL ELEFANTE

  A un congreso de varios animales
con toda seriedad el mono expuso
que, a imitación del uso
establecido entre hombres racionales,

era vergüenza no tener historia,
que, al referir su origen y sus hechos,
instruirles pudiese y darles gloria.
Quedando satisfechos
de la propuesta idea,
el mono se encargó de la tarea,
el rey león en pleno consistorio
mandó se le asistiese puntualmente
con una asignación correspondiente,
además de los gastos de escritorio.

   Pide al ganso una pluma
el nuevo autor; emprende su faena,
y desde luego en escribir se estrena
una histórica suma,
que sólo contenía los anales
suyos y de los monos compañeros;
mas pasando después años enteros
nada habló de los otros animales,
que esperaron en vano
volver a ver más letra de su mano.

   El elefante, como sabio, un día
por tan grave omisión cargos le hacía,
y respondiole el mono: «No te espantes;
pues aun en esto a muchos hombres copio.

   Obras prometo al público importantes,
y al fin no escribo más que de mí propio.»

Muchos autores celebran solamente sus propias obras y las de sus amigos o condiscípulos.

EL RÍO TAJO, UNA FUENTE Y UN ARROYO

«En tu presencia, venerable río
(al Tajo de este modo habló una fuente),
de un poeta me quejo amargamente,
porque ha dicho, y no hay tal, que yo me río».
Un arroyo añadió: «Sí, padre mío;
es una furia lo que ese hombre miente.
Yo voy a mi camino, no censuro,
y con todo se empeña que murmuro.»
 Dicen que el Tajo luego,
así les respondió con gran sosiego:
 «¿No tengo yo también oro en mi arena?
Pues, ¡qué! ¿De los poetas os espantan
los falsos testimonios...? No os dé pena.
Mayores entre sí se los levantan.
Reíd y murmurad enhorabuena.»

*Los escritores sensatos, aunque se digan
desatinos de sus obras, continúan trabajando.*

EL CARACOL Y LOS GALÁPAGOS

 Aunque no es bueno el todo
si no lo son las partes,
y vale poco el cuerpo
en que cada individuo poco vale,
muchos que obras no estiman
de los particulares,
si éstos las hacen juntos,

con respeto los miran al instante.
    Un caracol terrestre,
al caer de la tarde,
salió a tomar el fresco,
y a un galápago vio que iba de viaje.
    «No se apresure, hermano»
le dijo por burlarse
del paso que llevaba,
añadiendo otras pullas bien picantes.
    Diez galápagos juntos
topó más adelante,
que de un pequeño charco
pasaban a buscar otro más grande.
    Y el caracol entonces
a cuadrilla tan grave
dejó libre el camino,
diciendo únicamente: «Ustedes pasen.»
    Al galápago solo
tuvo por despreciable,
pero a los diez unidos
tuvo como a personas de carácter.

Aunque se reúnan varios sujetos para escribir una obra, si carecen de ciencia, tan despreciable saldrá como si la hubiese escrito un ignorante solo.

LA VERRUGA, EL LOBANILLO Y LA CORCOVA

Cierto poeta
que, por oficio,
era de aquellos
cuyos caprichos
antes que puedan
ponerse en limpio
ya en los teatros
son aplaudidos,
trágicos dramas,
comedias hizo,
varios sainetes
de igual estilo,
aunque pagado
de sus escritos,
pidió, no obstante,
a un docto amigo
que le dijera
sin artificio
cuál de su aprecio
era más digno.
Él le responde:
«Yo más me inclino
a los sainetes.»
«¿Por qué motivo?»
«Tenga paciencia;
voy a decirlo...
Óigame un cuento
nada prolijo:
una verruga,
un lobanillo
y una corcova,

¡miren qué trío!,
dizque tenían
cierto litigio
sobre cuál de ellos
era más lindo.
Doña joroba,
por lo crecido,
la primacía
llevarse quiso.
Quiso, porque era
don lobanillo
proporcionado,
ser más pulido.
Mas la verruga
pidió lo mismo,
porque su gracia
funda en lo chico.
Esta contienda
oyó un perito;
diole gran risa,
y al punto dijo:
«¡Vaya, verruga,
que hablas con juicio!»
Sois todos tres, a la verdad, tan buenos,
que bien puedes decir: del mal, el menos.

De las obras de un mal poeta, la más reducida es la menos perjudicial.

ÍNDICE

Introducción	5
El elefante y otros animales.................................	31
El gusano de seda y la araña	33
El oso, la mona y el cerdo	34
La abeja y los zánganos	35
Los dos loros y la cotorra	36
El mono y el titiritero...	37
La campana y el esquilón	39
El burro flautista	40
La hormiga y la pulga	41
La parietaria y el tomillo	42
Los dos conejos	43
Los huevos	44
El pato y la serpiente	45
El manguito, el abanico y el quitasol	46
La rana y el renacuajo...	47
La avutarda..	47
El jilguero y el cisne	48
El caminante y la mula de alquiler	49
La cabra y el caballo	50
La abeja y el cuclillo..	51
El ratón y el gato	52
La lechuza, los perros y el trapero	53
El papagayo, el tordo y la marica	55
El lobo y el pastor	55
El águila y el león	56
La mona..	57
El asno y su amo	60

El gozque y el macho de noria	61
El erudito y el ratón	62
La ardilla y el caballo	64
El galán y la dama	65
El avestruz, el dromedario y la zorra	66
El cuervo y el pavo	67
La oruga y la zorra	68
La compra del asno	69
El buey y la cigarra	71
El guacamayo y la marmota	71
El retrato de Golilla	72
Los dos huéspedes	74
El té y la salvia	76
El gato, el lagarto y el grillo	77
La música de los animales	78
La espada y el asador	81
Los cuatro lisiados	82
La urraca y la mona	84
El pollo y los dos gallos	87
El ruiseñor y el gorrión	88
El jardinero y su amo	88
La rana y la gallina	90
El volatín y su maestro	90
La criada y la escoba	91
Los dos tordos	92
El fabricante de galones y la encajera	93
El cazador y el hurón	94
El gallo, el cerdo y el cordero	95
El pedernal y el eslabón	96
El juez y el bandolero	97
El naturalista y las lagartijas	98
La discordia de los relojes	101
El topo y otros animales	102
El sapo y el mochuelo	104
El burro del aceitero	105

La contienda de los mosquitos	105
El escarabajo	108
El ricote erudito	110
La víbora y la sanguijuela	111
El ricacho metido a arquitecto	112
El médico, el enfermo y la enfermedad	112
El canario y el grajo	114
El guacamayo y el topo	115
El canario y otros animales	116
El mono y el elefante	117
El río Tajo, una fuente y un arroyo	119
El caracol y los galápagos	119
La verruga, el lobanillo y la corcova	121

CLÁSICOS DE LA LITERATURA

1.- **Más allá del bien y del mal.** *Friedrich Nietzsche*
2.- **Carta al padre, meditaciones y otras obras.** *Franz Kafka*
3.- **El mercader de Venecia.** *William Shakespeare*
4.- **La metamorfosis.** *Franz Kafka*
5.- **Así habló Zaratustra.** *Friedrich Nietzsche*
6.- **Misericordia.** *Benito Pérez Galdós*
7.- **Las moradas o Castillo interior.** *Santa Teresa de Jesús*
8.- **Mujercitas.** *Louisa May Alcott*
9.- **Narraciones extraordinarias (I).** *Edgar Allan Poe*
10.- **Narraciones extraordinarias (II).** *Edgar Allan Poe*
11.- **El ocaso de los ídolos.** *Friedrich Nietzsche*
12.- **La Odisea.** *Homero*
13.- **Otelo.** *William Shakespeare*
14.- **Los paraísos artificiales - El vino y el hachís - La Fanfarlo.** *Charles Baudelaire*
15.- **Poesías completas.** *San Juan de la Cruz*
16.- **El príncipe.** *Nicolás Maquiavelo*
17.- **Las aventuras de Sherlock Holmes.** *Sir Arthur Conan Doyle*
18.- **El proceso.** *Franz Kafka*
19.- **El profeta.** *Khalil Gibran*
20.- **Relatos cómicos.** *Edgar Allan Poe*
21.- **El retrato de Dorian Gray.** *Óscar Wilde*
22.- **Rimas y leyendas.** *Gustavo Adolfo Bécquer*
23.- **Romeo y Julieta.** *William Shakespeare*
24.- **El sueño de una noche de verano.** *William Shakespeare*
25.- **Los sueños.** *Francisco de Quevedo*
26.- **Utopía.** *Tomás Moro*
27.- **El caminante y su sombra.** *Friedrich Nietzsche*
28.- **Canto a mí mismo.** *Walt Whitman*
29.- **La Celestina.** *Fernando de Rojas*
30.- **Crimen y castigo.** *Fiòdor Dostoievski*
31.- **Cuaderno de notas.** *Leonardo da Vinci*
32.- **Alicia en el país de las maravillas - Fantasmagoría - Un cuento enredado.** *Lewis Carroll*
33.- **Nuevos cuentos, historietas y fábulas.** *Marqués de Sade*
34.- **Cumbres borrascosas.** *Emily Brönte*
35.- **De la Tierra a la Luna.** *Julio Verne*
36.- **De la vejez - De la amistad.** *Marco Tulio Cicerón*
37.- **De profundis.** *Óscar Wilde*
38.- **Diccionario del diablo.** *Ambrose Bierce*
39.- **Marianela.** *Benito Pérez Galdós*
40.- **Don Quijote de la Mancha (I).** *Miguel de Cervantes*
41.- **Don Quijote de la Mancha (II).** *Miguel de Cervantes*
42.- **El anticristo.** *Friedrich Nietzsche*
43.- **Ecce Homo.** *Friedrich Nietzsche*
44.- **La Eneida.** *Virgilio*
45.- **Fábulas completas.** *Esopo*
46.- **Fábulas escogidas.** *Jean de la Fontaine*
47.- **El fantasma de Canterville.** *Óscar Wilde*
48.- **Fausto.** *Goethe*
49.- **La filosofía en el tocador.** *Marqués de Sade*
50.- **Las flores del mal.** *Charles Baudelaire*
51.- **La Gaya ciencia.** *Friedrich Nietzsche*
52.- **La Ilíada.** *Homero*
53.- **Los infortunios de la virtud.** *Marqués de Sade*
54.- **Arte de amar.** *Ovidio*
55.- **El lazarillo de Tormes.** *Anónimo*
56.- **Leyendas de la Alhambra.** *Washington Irving*
57.- **El libro de la selva.** *Rudyard Kipling*
58.- **El loco - El jardín del profeta.** *Khalil Gibran*
59.- **Macbeth.** *William Shakespeare*
60.- **La madre.** *Máximo Gorki*
61.- **Alicia a través del espejo.** *Lewis Carroll*

62.- **Hamlet.** *William Shakespeare*
63.- **El buscón.** *Francisco de Quevedo*
64.- **El contrato social.** *Jean-Jacques Rousseau*
65.- **Las aventuras de Pinocho.** *Carlo Collodi*
66.- **El alcalde de Zalamea.**
    Pedro Calderón de la Barca
67.- **Selección de cuentos egipcios.**
    Felipe Sen y Ángel Sánchez
68.- **La vuelta al mundo en 80 días.**
    Julio Verne
69.- **El perro de los Baskerville.**
    Sir Arthur Conan Doyle
70.- **La importancia de llamarse Ernesto.**
    Óscar Wilde
71.- **Julio César.** *William Shakespeare*
72.- **Rey Lear.** *William Shakespeare*
73.- **Miguel Strogoff.** *Julio Verne*
74.- **Drácula.** *Bram Stoker*
75.- **Dr. Jeckyll y Mr. Hyde.**
    R. L. Stevenson
76.- **Capitanes intrépidos.** *Rudyard Kipling*
77.- **Don Juan Tenorio.** *José Zorrilla*
78.- **La isla del tesoro.** *R. L. Stevenson*
79.- **Tratado de pintura.** *Leonardo da Vinci*
80.- **Colmillo blanco.** *Jack London*
81.- **Poemas.** *Lord Byron*
82.- **La vida es sueño.**
    Pedro Calderón de la Barca
83.- **Frankenstein.** *Mary Shelley*
84.- **Cuentos humorísticos y sentimentales.**
    Hans Christian Andersen
85.- **Cuentos fantásticos y de animales.**
    Hans Christian Andersen
86.- **La dama de las camelias.**
    Alejandro Dumas (hijo)
87.- **Madame Bovary.** *Gustave Flaubert*
88.- **Orgullo y prejuicio.** *Jane Austen*
89.- **Sentido y sensibilidad.** *Jane Austen*
90.- **El agente secreto.** *Joseph Conrad*
91.- **El corazón de las tinieblas.**
    Joseph Conrad
92.- **Las aventuras de Huckleberry Finn.**
    Mark Twain
93.- **Las aventuras de Tom Sawyer.**
    Mark Twain
94.- **El último mohicano.** *J. Fenimore Cooper*
95.- **Los viajes de Gulliver.** *Jonathan Swift*
96.- **Entremeses.** *Miguel de Cervantes*
97.- **Estudio en escarlata.**
    Sir Arthur Conan Doyle
98.- **La genealogía de la moral.**
    Friedrich Nietzsche
99.- **Casa de muñecas.** *Henrik Ibsen*
100.- **Antonio y Cleopatra.**
    William Shakespeare
101.- **El Cantar de Mío Cid.** *Anónimo*
102.- **Libro de Buen Amor.**
    Arcipreste de Hita
103.- **Un Yanqui en la corte del Rey Arturo.**
    Mark Twain
104.- **Novelas ejemplares (I).**
    Miguel de Cervantes
105.- **Novelas ejemplares (II).**
    Miguel de Cervantes
106.- **Los cuentos de Canterbury.**
    Geoffrey Chaucer
107.- **El origen del hombre (I).**
    Charles Darwin
108.- **El origen del hombre (II).**
    Charles Darwin
109.- **Fábulas literarias.** *Tomás de Iriarte*
110.- **Fábulas morales.**
    Félix María de Samaniego
111.- **El sombrero de tres picos.**
    Pedro Antonio de Alarcón
112.- **Las aventuras de Arthur Gordon Pym.**
    Edgar Allan Poe
113.- **Almacén de antigüedades.**
    Charles Dickens
114.- **Los vagabundos y otros cuentos.**
    Jack London
115.- **El jardinero.** *Rabindranath Tagore*
116.- **El cartero del rey.**
    Rabindranath Tagore
117.- **Cuentos de los mares del Sur.**
    Jack London
118.- **La marquesa de Gange.**
    Marqués de Sade
119.- **Fanny Hill.** *John Cleland*
120.- **Obras jocosas.** *Francisco de Quevedo*